가을이 바람을 부른다

김정섭 제2시집

KB194869

시음사
시사랑음악사랑

바람에 시향을 실어 그리움과
사랑의 詩로 전하는 김정섭 시인

김정섭 시인은 제1시집 "볕이 좋아 걸었다"를 시인만의 따뜻한 감성으로 풀어내 많은 독자의 사랑을 받았다. 시인은 햇살 같은 시로 상처 난 마음을 따뜻하게 어루만지고, 흐르는 눈물을 닦아 주는 매개체 역할을 하며, 독자와 소통하면서 지금도 누군가의 가슴에 행복의 꽃으로 피어나 꾸준하게 사랑을 받고 있다. 그 사랑을 힘입어 시인은 멈추지 않고 끊임없이 시를 창작하고 발표하여 "가을이 바람을 부른다"라는 제호로 제2시집을 출간하게 되었다.

김정섭 시인은 1시집 출간할 때보다 더 떨리고 설레는 마음으로 시어 하나하나에 마음과 정성을 담았다. 2시집은 1시집 때 많은 사랑을 받았던 작품도 몇 편 실려 있고, 대부분 새로운 작품으로 깊어지는 가을에 사랑, 이별, 그리움과 추억, 그리고 자연의 변화 속에 삶의 향기를 가득 담아 시향으로 전하고 있다.
김정섭 시인의 "가을이 바람을 부른다" 시집의 특징은 지면에 있는 시어를 눈으로 보면서 감상하기도 하지만, 20여 편의 시낭송을 통해 시에 맞는 영상과 각자 개성이 있는 낭송가의 소리로 눈과 귀를 통해 더 풍성하게 시를 감상할 수 있는 재미가 있다. 그래서 다양한 독자에게 더 가까이 다가갈 수 있으리라 본다.

"가을이 바람을 부른다" 김정섭 시인의 시집이 이 가을 바람에 실려 아름다운 시의 메아리로 곳곳에 전달되어 많은 독자의 가슴에 행복과 감동의 메아리로 울리길 기원한다. 김정섭 시인의 제2시집 출간을 축하하면서 후대에 길이 남는 명인 명시가 되길 바라는 마음으로 "가을이 바람을 부른다" 시집을 기쁜 마음으로 추천한다.

(사)창작문학예술인협의회 부이사장 박영애

시인의 말

사랑과 그리움이 뒤섞인 계절 가을
출간하는 시집 "가을이 바람을 부른다"는
따뜻한 순간의 감정을 담고자 했습니다

바람이 불어오는 소리, 떨어지는 나뭇잎
그 속에서 느껴지는 마음의 떨림은
우리에게 아름다운 추억을 선물할 것입니다

사랑은 따뜻함을, 때로는 외로움을 안겨주고
그리움은 행복했던 순간들을 떠올리게 합니다
우리는 그 안에서 다시 한번 사랑을 느낄 수
있을 겁니다

이 시집을 통해 가을이 부르는 바람 속에서
사랑을 느끼고 그리움의 깊이를 경험하는
따뜻한 마음을 가졌으면 합니다.

시인 김정섭

QR코드 스마트폰으로 QR 코드를 스캔하면
시낭송을 감상할 수 있습니다 본문
시낭송
감상하기

 제목 : 당신을 기억합니다
시낭송 : 박영애

 제목 : 당신이 그립습니다
시낭송 : 박영애

 제목 : 가슴에 꽃을 피운다
시낭송 : 박영애

 제목 : 비 오는 날의 연가
시낭송 : 박영애

 제목 : 중년의 여행
시낭송 : 박남숙

제목 : 그런 당신이 좋다
시낭송 : 박남숙

 제목 : 동행
시낭송 : 박남숙

 제목 : 7월의 산책
시낭송 : 박영애

제목 : 초록의 빗소리
시낭송 : 박영애

 제목 : 동행하는 그리움
시낭송 : 박영애

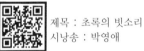 제목 : 물빛 머금은 연꽃
시낭송 : 박남숙

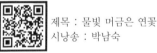 제목 : 가을을 기다리며
시낭송 : 박남숙

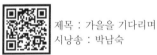

제목 : 천년의 그리움
시낭송 : 박영애

 제목 : 인연의 끈 닻에 달고
시낭송 : 장화순

 제목 : 감홍(甘紅)
시낭송 : 박영애

 제목 : 가을이 바람을 부른다
시낭송 : 박영애

 제목 : 그리움의 별빛
시낭송 : 박남숙

 제목 : 가을비의 속삭임
시낭송 : 박남숙

 제목 : 너의 그림자
시낭송 : 박영애

 제목 : 그리운 달항아리
시낭송 : 박영애

 제목 : 동백의 그리움
시낭송 : 박영애

 제목 : 그대 별을 보러 갑니다
시낭송 : 박영애

 본문 시낭송 모음 1

 본문 시낭송 모음 2

영상은 YouTube 정책 또는 운영 관리에 따라 삭제될 수도 있습니다.

시인은 자연을 이야기하고 시낭송가는 자연을 품었다
글자는 날개를 달아 언어로 날고 소리는 자연에 눕는다

* 목차 *

* 목차 *

* 목차 *

* 목차 *

그대 봄날을 그리워합니다

봄이 오면 늘 그렇듯, 사랑은
발라드 음악처럼 가슴속으로 스며들어
흩어진 그대의 모습이 무척 그립습니다

봄비는 촉촉이 꽃잎에 물들고
내 가슴속에 묻어둔 그대 모습은
입맞춤한 숨결처럼 눈시울을 적시어

그 슬픔을 노래하듯 가슴으로 파고드는
흔들리는 빗방울의 그리움
내 마음의 꽃 그대, 그리워 마중합니다

그대를 바라보는 떨림의 흔적들
하얀 그리움, 슬픔에 젖은 빗방울은
붉게 물든 아픔의 눈물로 맺히어

그대의 그림자에 놓인 하얀 목련처럼
고운 사랑, 봄날의 기다림은
봄비 속에 그리움 시인의 마음에 묻어둡니다.

가을 햇살에 볕을 그린다

따사로운 가을 햇살에 떠오르는 사랑은
희미한 그리움의 볕으로 적시며
풀지 못한 마음을 가을의 틀 속에 담았다

방정식으로 풀지 못하는 그리움
슬픔이 묻어나는 햇살받은 오묘함 속에서
가을 햇살에 볕을 그리는 사랑이 선명해진다

가을볕이 기억하는 당신의 햇살은
함께하는 느낌의 그리움을 빚어내며
그 햇살 속에 그리움, 담백한 사랑을 그린다

사랑한다는 말은 항상 그리움을 동반하고
볕도 사랑을 함께 하듯이
가을 햇살에 볕을 그리는 사랑, 나의 그리움

나는 가을 햇살에 볕을 그린다.

잔에 담긴 그리움

술 한잔에 담은 향기는
달빛 아래 피어난 부드러운 꽃잎처럼
그리움에 우러난 달콤함이 입술을 적신다

잘 익은 술 한잔 그 향기에 닿는 순간
어우러진 오늘이 호흡하고
아련히 스며든 너의 향기에 이슬이 고인다

사랑도 추억도 그리움의 대명사
바닥까지 텅 빈 술잔 속에 별이 되어
곱게 수놓은 사랑, 그 사잇길로 흐른다

어제의 모습이 오늘 술잔 속에 그리움
달빛의 부드러운 그대와 추억이
빈 술잔에 가득 찬 그리운 당신을 만난다

내 가슴속에 숨어 있는 너의 달콤함
한잔 술에 걸어온 기억들
희미해지는 너의 모습, 빈 잔에 너를 채운다.

내 마음 빛의 향기

나를 기억하는
저 강물의 윤슬과 빛바랜 낙엽은
어둠 속에서 그 아픔의 사연을 풀어 놓습니다

따스한 햇살에 그대 향기를
하얗게 엮어온 이야기를
따뜻한 봄날 내 가슴 여백에 새겨 봅니다

포근한 바람이 사랑으로 스며들 때
너의 목소리는 푸른 별이 되고
나는 그 시절의 추억으로 꽃을 피웁니다

내 마음속에 가득 담은 허기진 향기
사랑과 그리움의 그림자 되어

별처럼 반짝이는 내 마음의 빗장을 열고
그리움의 시간을 사랑으로 만들어
공간 속에서 기다림과 행복을 만들어 갑니다

봄날의 홀씨 날다

5월의 빛나는 날, 민들레 홀씨 하나
바람결에 날아와
따뜻한 햇살 돌담 옆에 내려앉는다

꽃 피는 봄의 축제에서
너의 생각은 하얀 민들레처럼 떠오르고
감성으로 가득 찬 눈동자는 하늘을 바라본다

민들레 사랑, 너의 숨결
물빛 나는 청바지 너의 향기는
가슴으로 스며드는 그리움의 홀씨가 된다

사랑과 그리움이 어우러진 6월
곱게 둘러맨 빛 고운 스카프로
봄의 축제 바람 되어 기다림을 재촉한다

바람 속에 흩날리는 봄날
민들레 홀씨 하나 아침 이슬이 내린 뒤
내 마음, 너에게로 비상하는 민들레 사랑이 된다.

봄으로 가는 꽃

얼어붙은 강물에 머무는 구름
눈꽃이 만드는 설경 속에 당신이 있습니다

따스한 봄날의 당신은
짙은 그리움 묻어나는 허공에서 맴돌아
검은 눈덩이 가슴 아픈 사랑이 깊어집니다

메마른 눈물에 얼어붙은 아픔은
세찬 바람에 멈춰 버린 미소
길 잃은 동백의 날개는 떨어지고

온 세상이 하얀 눈으로 사랑이 내릴 때
아픔의 통증은 그리움이 되어
깊어진 사랑은 가슴으로 아려옵니다

긴 겨울 속으로 다가온 따스한 봄
길 잃은 당신의 품속으로
동박새는 가득한 사랑을 전해옵니다.

하얀 기다림을 마중합니다

하얀 눈송이 하늘에서 내릴 때
맑은 세상은 감동의 캔버스가 된다
자연의 선물인 듯
시간을 멈춘 세상은 하얀 옷을 입는다

당신이 찾아오시는 날
바람도 부드럽고 포근하게 반기고
사랑은 하얀 그리움으로 추억을 물들인다

당신과 나의 그리움이
하얀 눈처럼 세상을 비추며 내려도
수많은 별처럼 빛나는 추억들은
당신 모습에 버선발로 나를 마중을 한다

얼어붙은 시간 속에 메마른 갈댓잎
그리움은 긴 기다림의 하얀 세상
긴 겨울의 멋 당신이 내 마음에 가득합니다.

눈물이 스며드는 그리움

땅거미가 사립문에 들어서면
홍두깨로 국수를 밀어 꼬리 하나 구워내고
마당에 멍석 깔고 별을 줍는 따뜻한 봄날입니다

보고 싶은 당신의 모습
초록 나뭇잎 사이로 햇살이 떨어질 때
따뜻한 정, 당신이 더욱 그립습니다

인연이 필연 되는 억겁의 시간 속에서
사랑은 눈물로 희석이 되고
인연 끈 윤회에서 기다림을 되짚어 봅니다

치매라는 어둠에서 잃어버린 자식들
코로나19로 만나지 못하는 시간 속에서
그리움의 눈물이 가슴으로 깊이 스며듭니다

내 마음 깊은 곳 그리움의 공간에서
따뜻한 사랑 깊은 모정의 당신을 생각해 봅니다.

당신을 기억합니다

자줏빛 목련꽃 피어나는 그날
따스한 봄바람이 어깨를 스쳐 갈 때
그 추억 속의 당신을 생각해 봅니다

자목련의 꽃잎 그리운 당신 모습
바람처럼 머무르는 내 가슴속에서
쉬었다 사라지는 당신 모습이 그려집니다

소리 없이 담아온 당신의 숨결은
사랑의 노예 그리움 되어
목련의 향기 당신을 영원히 기억합니다

저 맑은 하늘 시간의 흐름 속에서
살랑이는 꽃잎처럼 흔들리는 당신의 미소를
한아름의 기쁨으로 내 가슴에 담아냅니다

내 가슴이 품은 그 아련함처럼
마음 깊은 곳에 담아둔 당신의 숨결은
자목련 꽃잎에서 피어나는 아름다운 꽃입니다.

제목 : 당신을 기억합니다
시낭송 : 박영애
스마트폰으로 QR 코드를 스캔하면
시낭송을 감상할 수 있습니다

당신이 그립습니다

내 가슴 깊게 파인 당신의 사랑이
은은한 향기처럼 미묘하게 퍼져
그리움이 새벽안개처럼 축적되어 갑니다

간절한 그리움의 시간이 붉은빛으로 흘러도
당신이 머무르던 시골집의 기억들
모래알처럼 그 작은 마음으로 채워갑니다

부드러운 눈빛의 주름진 당신을
내 가슴 깊은 곳에 한 올 한 올 눈물을 닦은
보고 싶은 그리움이 내 가슴에 별이 되었습니다

그 시절 추억이 가득한 시골집을 되돌아보며
내 마음속의 작은 희망의 나무가 되어
늘 당신을 향해 가장 순수한 사랑을 바라봅니다

보고 싶다는 그리움 그 간절함이
어머니는 내 인생의 가장 따뜻한 햇살
가슴에 피어나는 사랑의 꽃이 되었습니다.

제목 : 당신이 그립습니다
시낭송 : 박영애
스마트폰으로 QR 코드를 스캔하면
시낭송을 감상할 수 있습니다

19

여름밤의 장마

오늘 무척 그대가 그립다
한 여름밤의 저녁
그리움 가득 찬 구름이 하늘을 감싼다

사랑과 그리움이
꽃잎처럼 머무는 내 마음은
그리움의 빗방울, 눈물 되어 쏟아진다

여름날의 빗방울이
유리창에 그려지는 그대의 모습
그대의 웃음과 눈빛을 그려놓고

내 가슴을 적시는 빗줄기에
그대 눈빛을 담아 조용히 보내고
그대 없는 이 밤, 나는 외로움에 잠이 든다.

나에게 말한다

길가에 자욱한 안개가 맴도는 밤
이슬을 머금은 풀잎의 부드러움
사랑하는 너의 마음은 달처럼 부푼다

내 마음 저 비처럼 흘러내리지 못하고
바람처럼 스며드는 그리움은
해 질 녘 태양처럼, 노란 꽃잎이 고개를 숙인다

한 줄기 바람이 사랑의 향수를 더듬고
시간의 흐름에 묻힌 그리움은
빛나는 별, 하나하나의 향수를 그려간다

그리움을 녹여서 사랑을 감싸온 계절에
잠들지 않은 나의 시간 속에서
그 시절의 향수를 나는 나에게 말한다.

그대를 봅니다

문득 떠오르는 당신의 모습은
아름다운 향기로 가득 찬
한아름의 하얀 데이지 꽃잎입니다

햇살처럼 빛나는 당신의 눈빛을
밤하늘에 별빛 같은 미소를 그립니다

여름날 들녘에 핀 꽃처럼
당신의 사랑은
어둠 속, 빛나는 내 마음의 등불이 됩니다

사랑이 머무는 당신의 그 자리에서
그리움 한 조각 빗소리를 듣고
그대, 잊을 수 없는 모습에 눈을 감아봅니다.

가슴에 꽃을 피운다

시간이 멈춘 듯한 순간의 즐거움
너와 함께한 그때의 일들이
햇살 가득한 내 가슴에서 꽃을 피운다

하얀 민들레처럼 따스한 사랑
그 봄날의 추억들이 내 가슴속에 서린 채
내 마음을 행복의 색으로 물들인다

함께 보냈던 너와 나의 추억들이
햇살처럼 살며시 피어나
내 가슴에 쌓여가는 변함없는 사랑은

아름다운 삶 그 짙은 향의 그리움 되어
너의 미소, 선물처럼 오래된 따뜻함을 준다

푸른 언덕에서 내려오는 바람은
천천히 천천히 사랑으로
내 마음속에 너의 꽃으로 가득 채워본다.

제목 : 가슴에 꽃을 피운다
시낭송 : 박영애
스마트폰으로 QR 코드를 스캔하면
시낭송을 감상할 수 있습니다

23

어느 가을의 사랑

고마리꽃 마디마디 곱게 피어나고
길섶에는 코스모스
가을 중심으로 춤추면서 달려든다

하늘은 맑고 감잎은 붉게 물들어
갈바람에 스치며 홍시는
빛으로 부서지는 모습이 나를 울린다

따가운 햇살 아래 밤송이는 벌어지고
고추잠자리 사랑놀이에 물들어갈 즘
아름다운 꽃잎은 잔잔한 가을빛 나를 떠난다

이룰 수 없는 그대 그리움에
그리움과 마주 앉아 한잔 술에 안주 삼고
두 잔 술에 꽃잎을 띄워 사랑을 먹는다

그대의 시집, 사랑의 열정을 느끼고
아름다운 추억에 깊은 그리움, 한 잔 더 마셔본다

가을에 내리는 햇살

잠시 가을의 끝자락에서 멈추어
바람에 흔들리는 나뭇잎
단풍이 춤추는 울림을 잠시 바라봅니다

따뜻한 햇살이 쏟아지던 그날
가을바람이 당신을 끌어안고
생각나는 그리움, 그 아픔을 붉게 칠합니다

가을 햇살 아래 그림자에서 잠시 쉬어
향기로운 연못에 기대어
당신의 모습을 조금씩 주워 담아봅니다.

한 잔의 와인이 그대의 심장을 닮아
그리움의 이름으로 당신을 불러
따뜻함이 가득한 당신의 빛을 바라본다

꽃은 지고 추억은 그대로 남아
당신의 그리운 감정의 언어
사랑으로 가득 찬 첫눈이 오길 기다립니다.

사랑의 구절초

가을이 오는 나뭇가지 끝자락에
붉게 물든 감나무 잎사귀는
사랑과 그리움이 살짝 물들고
익어가는 홍시는 까치를 기다립니다

허물어진 돌담 옆
쑥부쟁이가 은은한 향기를 풀고
나비의 날갯짓에 아름다운 미소를 보냅니다

인고의 세월 속에서 여름이 사라지고
가을 머무는 바람에
사랑은 식어가고 붉은 단풍은 춤춥니다

10월의 단풍 사이
보랏빛 구절초, 맑은 하늘의 조각구름
그대와 함께 걷고 싶다, 구경하는 단풍처럼.

가을사랑 유홍초

붉은 유홍초가 갈바람에
사랑을 찾는다

가지 끝에서 시작된 노란 은행잎
가슴으로 파고들고
차가운 바람이 그 향기가 남는다

고추잠자리 날갯짓에
외롭다는 생각은 깊어지고
내 마음은 바람에 기대어 쉬어본다

목마른 갈대의 휘청거림은
바람의 슬픔에 호소하고
슬픔이 품은 단풍잎에 눈길을 보낸다.

가을의 길목에서

저녁노을에서 내려온 시원한 바람은
진한 풀잎 향기 피어난 나뭇잎에
곱게 내려앉아 사랑스러운 갈잎을 꿈꾼다

감나무 잎은 붉게 물들고 은행잎 샛노랗게
익어가는 가을이 가슴으로 스며들 때
그리움은 눈물 같은 빗방울 되어 가슴에 여민다

소리 없이 내리는 빗방울은
그리움의 수채화, 별처럼 그려지고
흩어지는 갈바람은 그 빈 자리, 불씨로 피어난다

가을 그 자리에 머물러 추적이는 가을비는
붉게 물들여진 낙엽을 적시고
내 마음속으로 지나가는 바람에 불어본다
"그대의 마음은 어떤가요"라고.

추색의 그리움

가을의 따스한 햇살은 짙은 낙엽 사이로
산마루 억새의 흔들리는 은빛 물결
함께 즐거워하는 낙엽들을 바라보며 간다

옷깃을 여미며 스며드는 가을
느티나무 끝자락에 자리 잡고 나뭇잎을
가을의 테두리로 밀어 넣는다

여름엔 맥문동 향연에 취해 웃고
가을에는 호반에서 꽃을 찾고 향기를 찾아
익어가는 사랑, 쑥부쟁이 꽃말처럼 타들어 간다

단풍나무 가지에 추색을 걸어 두고
그리움을 찾아서 사랑에 덧칠하고
머무는 그대 향기에 내 마음을 담아본다.

문경의 가을 추억

내 고향 문경 조용한 곳
가을의 향기가 가득히 퍼져나가고
가을비 같은 추억, 촉촉이 스며듭니다

가을이 찾아와 머무는 곳
그 짧은 순간에도
가을의 노래 당신의 이야기는 가득합니다

나뭇잎에 맺힌 물방울처럼
온화한 미소로 용마골은 피어나고
가을날에 내 마음속 추억은 피어납니다

거미줄에 물방울 맺힌 내 고향에
내 마음이 언제나 살아 숨 쉬는 곳
가을날의 문경 조용한 용마골을 바라봅니다

아름다운 내 고향의 가을 용마골
그 모습이 정말 한적하고 향기롭습니다.

그 바닷가의 가을

하늘의 조각구름을 주섬주섬
모아서 그대 얼굴 만들어 갑니다

배롱나무 가로수는
가을바람 품속에서 춤추며
흩날리는 행복의 노래 불러봅니다

익어가는 가을의 속삭임 속에서
추억이란 글자 위에 꽃을 피우고
커피 향 짙은 그리움을 마셔봅니다

스칠 듯 다가오는 바다, 그 풍경은
시계추처럼 외로움이 코끝을 스치고
사유 없는 그리움은 날갯짓을 합니다.

울림으로 빚는다

그대의 향기가 가득한 밤
노란 달빛 같은 그대 숨결은
빈 술잔에 깊은 사랑을 가득 채운다

그대 그리움이 술잔을 부르고
그대 모습이 빈 잔에 사랑을 부어
하늘가 웃음은 별처럼 반짝이며 노래를 부른다

가슴을 적시는 사랑의 빗방울
시간의 흐름에 휩쓸려 가더라도
그대 향기는 내 마음속에서 깊이 살아있다

가슴을 채운 사랑은 익숙한 노래처럼
조용히 내 마음에 스며들어
끊임없이 밀어내는 시간 속에서 반짝인다

그대의 별들이 내 마음속에서 빛나고
그대의 미소는 사무치듯
언제나 내 마음속에서 항상 새롭게 빚어진다.

그대 바라보면서

고운 꽃잎이 좋아서
파란 하늘에 구름이 좋아서
그대도 내 마음에 담아 보았습니다

별 단풍 붉게 퇴색되던 날
눈꽃이 나를 불렀고,
나는 갈바람이 되어 떠났습니다.

갈대가 속삭이듯 미소를 짓고
허리 굽혀 하얀 물결을 이룰 때
미움의 기억은 추억으로 변하였습니다

만남은 이별과 공존하는 것
그리움의 시간 속에서
성숙한 모습으로 동백을 바라봅니다.

하나의 그리움

노란 국화의 향기가 짙어져 오고
담장 너머로 노을이 내리는 곳
약속의 문고리만큼 친구들이 모여든다

소주 한 잔에 풀어지는 하루
통기타 리듬으로 노래하는 순간
노을 진 풍경, 함께한 시간이 향기롭게 퍼진다

달빛에 웃음소리 백열등은 흔들리고
깊어져 가는 가을밤
수채화 사연에 같이 울고 웃는 시간이 흐른다

세월이 익어가는 새재의 풍경은
바람이 머무르는 곳 사랑과 그리움
깊어진 시간 속에서 함께한 음악이 흐른다

기울어진 시간의 그림자 속에서
시간이 흘러도 변하지 않는 그리움
그것은 사랑과 우정, 그리고 시간의 음악이다.

비 오는 날의 연가

조용히 봄비가 내린다
이슬처럼 맑은 너의 눈빛 속으로

조용한 들녘에 봄을 하나 풀어 놓고
촉촉한 입술로 그리움을 찾아
자목련의 속살을 봄비와 함께 엮어본다

노란 산수유 그 맑은 여백에
당신이 머금은 짙은 사랑을 걸어 놓고
노란 우산 하나 봄 마중 나간다

고즈넉한 호숫가에 찾아오는 봄
자욱한 물안개에 흔들리는 꽃망울
그리운 듯 젖은 사랑 가슴으로 스며든다

빗물 머금은 나뭇가지 봄은 피어나고
허기진 목마름에 풀잎 사랑은
봄날에 그리움 엮어서 시집에 담고 싶다.

제목 : 비 오는 날의 연가
시낭송 : 박영애
스마트폰으로 QR 코드를 스캔하면
시낭송을 감상할 수 있습니다

그리운 당신 미소

텅 빈 내 마음 한구석에
포근한 사랑의 씨앗을 심어 놓고
가꾸었습니다

파란 하늘가 하얀 구름 아래
무지갯빛 희망 사랑의 향연은
당신의 미소처럼 빛나고 있습니다

호숫가에서 추억
봄날의 미소 그 따스함으로
깊은 당신의 마음을 사랑합니다.

노을

너와 내가 바라보는 노을
마음 하나가 되어
감성과 교감으로 전율이 흐르고

술 한 잔의 시간
세월은 파도의 포말이 되어
흰머리 주름살의 인생입니다

노란 달빛 구름 속에서
가슴으로 내리는 하얀 빛
술 한 잔에 사랑이 흐르고

꼬리 길게 늘어진 구름에
내 마음 노을빛이 스며들면
나는 당신의 빛을 기다려 봅니다.

내 마음의 파도

파도가 춤추는 바닷가에서
너와 나는 함께 걷는다
바다 소리는 내 마음속에서 울리고
너의 미소는 사랑으로 이어진다

순간의 사랑이 하루의 선물처럼
동행은 행복으로 가득하고
미소와 사랑이 너와 나의 동행으로 간다

바라보는 수평선에서
너의 미소 속에 담긴 사랑과 그리움
함께하는 너와 나의 동행은 깊어져 간다

너의 모습을 바라보며
아름다운 풍경이 어우러지는 동행
이 아름다운 순간들이
사랑과 그리움, 내 소중한 동행입니다.

겨울 끝자락

찬바람의 들녘은 소리까지 휩쓸고
나뭇가지에 하얀 서리꽃은 피어
내 마음 처마 끝에는 고드름이 자란다

봄을 부르는 바람의 소리에
온몸을 떨며 사시나무처럼 서 있어
주변에 흩어진 낙엽을 날려 보내고 있다

벙어리장갑에 빵모자를 쓰고
하늘에서 내리는 하얀 눈을 바라보니
겨울과 봄 사이 배경 화면인 듯 바라본다

삼월에 제비가 오면 소풍도 가고
바람이 불 때면 꽃들과 새들을 보는
그런 날 당신과 함께하는 그리움이 그립다.

눈물의 꽃 그리움

인연의 소중함
가을 끝자락에 영글어가는 들국화
추색의 물결이 살랑거릴 때
바람에 흔들리는 나뭇잎
그 외로움이 떨어지고서 알았습니다

짙은 물안개 정제되지 않은 순백한 눈물의 꽃
당신 마음속을 여행하여 봅니다

촉촉한 대지를 적시는 푸른빛의 마음
인연의 중심에서 따스한 햇살로
그리움에 허기져서
붉은 홍조는 굵은 거미줄로 엮어봅니다

가을바람 위에 당신의 향기를 얹어놓고
내 가슴속으로 당신을 감싸안습니다

노을이 당신의 가슴속에 스며들면
가을 호숫가에 남은 연밥은
이슬 머금은 당신의 바람과 함께
그리움 물든 갈대처럼 슬피 울며 갑니다.

감기

창문 넘어 찾아온 감기는
그렇게 가시질 않고
신음으로 밤새 나를 괴롭혔다

뒤척이는 몸
가슴은 답답하고 코막힘만이
어둠 속에서 호흡의 허락을 청해본다

비포장도로로 넘어간 감기는
건조한 그런 바이러스
목마른 나를 불쑥 찾아와 괴롭힌다

4월의 마른 환절기
누룽지 한 그릇의 허기진 숭늉으로
배고픔을 달래고 약 한 움큼을 밀어 넣는다.

감기는 까다로운 나의 적
나의 체온이 따뜻한 당신을 찾아와
미소 짓는 모습으로 당신을 만난다.

중년의 여행

바다가 보이는 언덕에서
봄 햇살이 건네준 여행에 초대되어
마음의 시간을 잠시 접어 두고
웃음꽃의 향연에 빠져 보랏빛 봄을 즐긴다

콘크리트 사잇길을 걷다가
설렘과 끌림으로 바라보는 바다 풍경
바삭한 쿠키 같은 신선함을
배낭 속에 담아 나른한 여행길에 놓는다

봄 햇살 마음 한자리에 머무르는 여행
부족함을 채워주는 구름 같은 친구와
잿빛 하늘 내려오는 햇살은
코튼 향 나는 부드러움 가슴에 채워준다

여행의 틈새에 묻어나는 그리움
이층버스 바람에 머리카락 날리어
행복한 미소에 웃음소리 초록빛 묻어나는
봄날의 아이처럼 우리의 가슴을 설레게 한다.

제목 : 중년의 여행
시낭송 : 박남숙
스마트폰으로 QR 코드를 스캔하면
시낭송을 감상할 수 있습니다

시의 물결

이슬 맺힌 잔디밭
은유의 홀씨

하얀 봄날의 배움은
성장하는 문학의 뿌리
새로운 표현
창작의 꽃 나래를 편다.

오월의 그리움

신록의 계절 오월
연둣빛 묻어나는 바람 불어와
만개한 아카시아꽃향기 그윽합니다

아카시아꽃 하얗게 피면
문득 생각나는 사람이 있습니다

고운 햇살 시리도록 그리운 사람
함께한 시간은 추억이 되고
사랑은 그리움 되어 가슴속 언저리에
하얀 아픔의 통증을 느끼게 합니다

오월의 향기에 마주한 눈빛은
당신의 빛바랜 그리움 되어
봄의 끝자락 바람과 마주했나 봅니다

하얀 꽃잎이 흐드러진 맑은 하늘
호숫가 데크길 서성이다
그리움에 멍때릴 때 촉촉해진 이슬은
그렇게 강물 되어, 또 흘러가나 갑니다.

확진자

확연한 변화 속에
긍정의 물결은
떠오른 붉은 태양의 기운이 감돌고

진한 커피 향보다 짙은 근심은
마음으로 삼키는
눈물만큼이나 아플 것이다

자연은
바람도 햇빛도 공기도 있듯이
산딸기꽃이 피고 지면
밀려오는 바람에 웃음꽃 핀다.

고향의 시간들

개망초꽃이 길가에서 춤추고
옥수수 익어가는 마을 뒤에
기차는 바람을 가르며 달린다

개구쟁이들 낮엔 콩서리하고
밤에는 복숭아 서리로
그리움이 묻어있는 옛날이 살아난다

진초록이 갈잎 되어 갈 때쯤
땅거미 내려온 마을 어귀에 앉자
개구쟁이들 모여 막걸리 한 잔에
시래기 된장국으로 추억에 빠지고 싶다

하늬바람이 밀고 온 추억
느티나무 아래 평상 펼쳐 놓고
친구들 모여 참나무에 노니는
다람쥐 바라보며 향수를 달래러 가고 싶다.

그런 당신이 좋다

유리창에 부딪히는 빗방울을
멍하니 바라보다가
문득 초록의 나뭇잎 당신을 바라본다

흐드러지게 핀 들녘의 작은 꽃
빗소리에 허우적대는 작은 사랑은
누구의 잘못도 아닌 세월의 발길질에
긴 시간 아린 가슴의 아픔을 놓지 못한다

언제나 초록의 아이콘 당신
담장을 걷고 있는 싱그러운 담쟁이처럼
푸른 언덕의 바람으로 회복의 덫을 놓는다

당신은 언제나 나의 벗
그리고 내 마음속에서 반짝이는 별
내 곁에 머무는 그리움에
맑은 하늘 바라보며 거친 숨을 다듬어 본다.

제목 : 그런 당신이 좋다
시낭송 : 박남숙
스마트폰으로 QR 코드를 스캔하면
시낭송을 감상할 수 있습니다

비와 그리움

초록이 짙어가는 오월의 끝자락
추적이는 봄비는 며칠째 내린다

내 가슴을 스쳐간 빗방울은
그리움 되어 유리창에 흘러내리고
보고 싶다는 시어 하나가 바람을 가른다

아침 하늘 어둠을 적셔주는 그리움이
마음을 무겁게 만들어
오월의 빗줄기가 그리움을 적신다

당신이 머무는 그리움 한 조각에
열정 같은 내 마음의 빗방울은
가슴 아리는 당신의 문을 두드린다.

추억은 하늘가에

잿빛 하늘가
금방이라도 쏟아질 것 같은 그리움
내 마음속 빗방울의 전주곡은 시작이 되고
그리운 당신 모습 창가에 그려 봅니다

그렇게 가버린 사랑 메마른 눈물은
그리움 무게만큼이나 굵은 빗방울 되어
가슴속으로 떨어집니다

빗방울 숫자만큼이나 짙은 그리움을 안고
기다림이란 그 상념 속에 고개를 들어
검은 가슴속 하늘을 물끄러미 쳐다봅니다

초록 잎 짙어져가는 오월의 하늘가
내 가슴속에 고운 꽃잎 같은 당신의 그리움
한아름 펼쳐보고 봄바람에 떠나보낸다.

봄은 행복 합니다

따스한 햇살이 내리는 오후
바람의 끝자락
옷깃을 여미는 당신을 마중합니다

내 마음 뜨락에서
봄바람에 쑥 향이 스며들어
허리춤을 감아올린 당신의 아지랑이

그리움이 머무는 시간에
따뜻한 추억 공존하는 심장은
산소 같은 당신의 애틋한 그리움입니다

오묘한 전율이 가슴으로 스며들어
그리운 생각에 젖어 울다가
노을 속에 실루엣 당신을 그려보는

봄 내음 짙은 온도의 높은 그리움
노란 달빛이 부푼 말초의 감성으로
가슴을 울리는 당신이 있어 나는 행복합니다.

오미자

깊은 산골, 산기슭에 붉게 익은 열매
오지 끝에 청정이 머무는 내 고향 문경
아름답게 스미는 햇살, 그늘이 내려앉아

선선한 바람이 스치고
붉게 익어가는 당신의 두 볼은
하나 둘 피어나는 진주는 마음의 보석

영남의 기운 받은 황토밭에 오미자
새들도 찾아들어 노래하는 노을이
백두대간 벌재에서 바람으로 내려온다.

동행

따가운 햇살 남매지 호숫가에
하나의 추억으로 그리움을 만들고
함께하는 향기가 미소를 짓게 한다

햇살은 시인의 발품에서 빛나고
시화의 사이에서 땀방울이 흐르고
푸른 잎의 서정시는 수줍은 꽃을 피운다

반영된 풍경으로 신발 끈을 동여매고
설레는 마음으로 계단을 살펴 가며
함께하는 마음으로 7월을 맞이한다

사랑하는 사람과 함께하는 날
신선한 자연에서 충전하는 즐거움은
시인의 마음, 시화전 설치 동행입니다.

제목 : 동행
시낭송 : 박남숙
스마트폰으로 QR 코드를 스캔하면
시낭송을 감상할 수 있습니다

7월의 산책

햇빛이 쏟아지는 여름 한낮
한 해의 절반을 넘기고
한 걸음 더 다가선 7월입니다

나뭇잎 짙은 푸르름에
구름도 머무는 아름다운 문경새재

울창한 소나무 숲길
계곡의 물소리에 스치는 바람
목을 축이는 새재가 품은 휴일 선물입니다

시간의 숨결이 스며든 자연 속에서
소곡관에 머무는 하얀 구름은
비경을 펼쳐보고 힘겨운 조령관을 넘어갑니다.

제목 : 7월의 산책
시낭송 : 박영애
스마트폰으로 QR 코드를 스캔하면
시낭송을 감상할 수 있습니다

초록의 빗소리

유리창에 부딪히는 빗방울을
멍하니 바라보다가
문득 초록의 나뭇잎, 당신을 바라본다

흐드러지게 핀 들녘의 작은 꽃
그리움의 빗소리에 휩싸인 나의 가슴은
세월의 발길질에 아픔을 놓지 못한다

언제나 초록의 아이콘 당신
담장을 걷고 있는 담쟁이처럼
푸른 언덕의 바람으로 회복의 덫을 놓는다

당신은 언제나 나의 벗
그리고 내 마음속의 반짝이는 별
내 곁에 머무는 아름다운 그리움에
맑은 하늘 바라보며 거친 숨을 다듬어 본다.

제목 : 초록의 빗소리
시낭송 : 박영애
스마트폰으로 QR 코드를 스캔하면
시낭송을 감상할 수 있습니다

동행하는 그리움

안갯속에 숨은 듯한 기억들
보고 싶다는 조각이 되어
그 사랑의 시간 속에 들어가 본다

그리움이 사랑이라는 것을
가슴에 새겨 남겨두고
햇살을 품은 능소화처럼
당신에게 내 마음을 긴 호흡으로 전해 보낸다

수많은 추억은 별빛으로 흐르고
가슴속에 머무는 순간들은
그리움과 사랑으로 촉촉이 젖어 들 때
풀잎 같은 감성으로 시에 담아본다

초록빛이 짙게 물들어 가는 날
깊어지는 그리움이 동행을 하고
사랑의 향기가 되어
어둠을 밝히는 여명이 내 안에서 흐른다.

제목 : 동행하는 그리움
시낭송 : 박영애
스마트폰으로 QR 코드를 스캔하면
시낭송을 감상할 수 있습니다

비 오는 날의 바람

초록이 짙어가는 오월
추적이며 며칠째 비가 내린다

사랑을 스쳐 간 그리운 빗소리
어두운 시간 하늘도 젖고 마음도 젖어
보고 싶다는 시어 하나 바람을 가른다

유리창에 부딪히는 빗방울 소리
가슴 아픈 그 추억은 그리움 되고
오월의 빗소리 자욱한 안갯속 눈물로 남는다

초록의 숲속 묻어버린 한 조각 그리움
가슴 아리는 그 길을 따라가 본다

당신이 머무는 봄의 끝자락에
가랑비 촉촉이 대지를 적시는 날
고운 꽃잎 스치는 바람 그리운 당신을 찾는다.

물빛 머금은 연꽃

바람에 춤추는 연꽃들
그리움에 가슴이 떨리는 순간들은
반짝이는 연못 위에서
아름다운 당신이 피어납니다

하얀 순백의 꽃잎들
물결을 타고 부드럽게 흔들리며
그리운 빛 속에서 당신의 미소를 비춥니다

고운 빛깔의 연꽃이 피어날 즈음
내 마음속에 향기는 피어나
그리움과 사랑이 머무는 호숫가에
아름다운 추억 당신을 만나봅니다

물 위에 피어나는 당신의 모습
바람에 흔들리는 꽃잎 하나
도도한 빛깔에 우아한 당신 모습
미소 짓는 연꽃에 노을이 걸렸습니다.

제목 : 물빛 머금은 연꽃
시낭송 : 박남숙
스마트폰으로 QR 코드를 스캔하면
시낭송을 감상할 수 있습니다

가을을 기다리며

나뭇잎 끝자락 따가운 햇살은
긴 여름의 중턱에서 입추를 만나고
노랗게 익어가는 들녘의 맑은 하늘은
촉촉한 가을에 햇볕에 젖어 든다

풀잎 바람에 흐트러진 서늘함으로
붉게 물든 볕에 가을 고추를 말리고
여름이 낳은 고추잠자리 구름 위를 나른다

바람과 춤추며 날아가는 새소리는
아름답게 내 마음속에 울려 퍼지고
솔잎 사이로 비치는 햇살은
따스한 당신 마음 가을이 감싸준다

짙은 풀 내음은 여름을 배웅하고
붓끝에서 당신은 시를 만들어
여유로운 시간에 천천히 걸어가면
당신 생각은 붉은 노을 속에 가을이 머문다.

제목 : 가을을 기다리며
시낭송 : 박남숙
스마트폰으로 QR 코드를 스캔하
시낭송을 감상할 수 있습니다

여름과 가을

가을바람이 불어오는 그 순간
나뭇잎의 살결이 단풍빛으로 물이 들고
가을 공기 속에서 짙은 수분은
시간의 무게감을 느끼게 합니다

너의 공간에서 가을이 분출하는 황금빛
고추잠자리 맑은 하늘 내일을 향해 날아가는
그 공간이 신비한 느낌을 선물합니다

바람과 춤을 추는 새들의 울림은
내 삶을 울리는 희망의 소리
나뭇가지 사이로 비치는 햇살은
내 안의 아름다운 희망입니다

내일을 다짐한 내 삶의 길목에서
서둘지 말고 천천히 걷는 것은
노을 속에 머무는 가을처럼
당신이 선택한 길에서 빛이 될 것입니다.

비 내리는 날

어둠 속 빛의 걸음 소리는
너의 마음처럼 쏟아지는 빗줄기
그 아픔의 소리가 시나브로 들린다

보고 싶은 너로 가득한 하루
소나기처럼 내린 울음소리는
잊을 수 없는 그날의 아픔을 떠올린다

비와 함께 마주친 그 길에서
눈물로 만났던 빗방울에
말없이 바라보며, 웃음을 나눈다

비에 젖은, 조각난 내 가슴속에서
까칠한 바람이 너의 추억을 잠시 멈추게 해
지울 수 없는 고통과 아픔을 잠재운다

길 잃은 나를 달래주는 빗소리에
즐거운 마음으로 기억을 떠올리며
자음과 모음으로 시를 써서 보낸다.

소나무

바람과 함께한 어린 소나무
가늘고 긴 바늘잎
아픔을 짊어지고 무겁게 길을 걷는다

비바람을 맞으며 역경을 이겨내며
바람꽃처럼 날리는 솔방울에
도전하는 정신으로 희망의 깃대를 꽂는다

등이 굽은 소나무 비바람을 이겨내며
실패도 성공도 힘겹게 빛이 나는
긴 세월 바라본 소나무

눈 부신 햇살 아래 성장하고
잊혀진 상처들은 큰 소나무가 되어
험하고 오랜 인생의 길에서 등불을 밝혀준다.

여름

잠시 멈춰버린 장마 속에서
한아름의 햇살이 내려앉는다
빛깔 고운 에메랄드빛 하늘가 여백에
내 마음도 하얀 구름 옆에 잠시 앉혀 놓는다

햇살이 내리쬐는 시간 속에서
자유로운 몸과 여유로운 내 마음은
곱게 물들어가는 산속 정원 꽃밭에 앉아
한 아름의 수국이 긴 여름을 알린다

파란 하늘가 하얀 구름은
한낮 여름의 여백에서 피어나는 사랑
내 마음에 담아 당신에게 걸어가 봅니다

또다시 한낮의 어둠의 내리고
내 마음 스쳐간 꽃잎은 눈물을 흘린다.

비에 젖은 추억들

촉촉한 비가 내리는 날
사랑의 느낌은 마치 눈물 같은 빗방울로
먼 산을 바라보며
그리움에 마음이 젖어 가슴이 아프다

이슬 같은 빗방울 꽃잎에 머물러
고운 입술을 맞닿을 때
하늘 가득 채우는 구름처럼 너를 만난다

그리움의 빗방울이 내리는 날
코스모스 꽃잎을 닮아 웃는
너의 기억은 여전히 내 안에 살아있어
한편의 좋은 글처럼 아름답고 짙어진다

유리창에 부딪히는 짙은 사랑이
이슬 같은 여우비 가슴을 스쳐 갈 때
사랑과 추억을 담아서 노래하고
맑은 하늘색에 다정한 벗이 되고 싶다.

사랑과 그리움

사랑은 봄날의 꽃잎처럼
그리움은 가을밤의 달빛처럼
만나지 못하는 운명이라도

사랑은 삶의 향기를 주고
그리움은 꿈속의 그림자 되어
가슴에 품지 못하는 슬픔입니다

슬픔을 위로하고 기쁨을 채워주는 당신은
목마른 갈증을 달래주는 샘물 같으며
당신의 사랑은 영롱한 진주처럼 아름답습니다

솜털 같은 사랑과 그리움은
그리운 밤하늘의 인연일지라도
그것이 바로 인생의 아름다움입니다.

시작 노트

인생은 강물과 같습니다
따스한 봄날 강물에 돛단배를 띄우며
끊임없이 흘러가는 삶인 듯
인생을 그렇게 맞춰 나갑니다

인생은 숲과 같습니다
자연 그대로 바람이 불어오듯
맑은 새소리 나뭇잎 사이사이로
인생도 변화하는 그 모습 빛나고 있습니다

삶의 은유를 창조하고 뿌리내리듯
내 인생관을 만들어 가기 위하여
숲속에 새처럼 자연스럽게
높고 넓은 하늘 같은 나의 삶을 펼쳐 봅니다.

노을 속의 그리운 어머니

파란 하늘의 하얀 구름이 어머니의 숨결
그분의 한결같은 그리움은
가슴이 미어지는 듯한 아픔을 느낍니다

언제나 그렇게 좋아하시던 달맞이꽃
노란 달빛이 어슴푸레 새어 나와
슬픔을 참아온 나뭇잎도 눈물을 흘립니다

나달이 지나도 아쉬움이 깊어만 가고
빗물 같은 아련함은 속속들이 젖어 들어
달구비의 그리움이 그 하늘을 바라봅니다

거미줄에 걸린 반짝이는 아침 이슬
그 실타래처럼 얽힌 삶의 무늬 속에서
하늘 같은 사랑, 꿈속에서 어머니를 만나봅니다

해넘이 하늘가에서 바라본 아름다운 모습
사랑은 온새미로 빛나는 햇살처럼
차오르는 그리움의 그곳으로 발그림자 갑니다.

그대와 나의 가을

개울가 물소리에
하얀 구름은 그리운 꽃을 피우고
그늘 바람 불어오는 왕버들 숲속에는
보랏빛 맥문동 사랑을 빚어낸다

시나브로 찾아든 바람은
그리움 되어 나뭇잎 붉게 물들이고
파란 하늘에 피어난 구름 꽃
가을의 길목에서 그대에게 전해진다

그대와 함께하는 가을
내 마음속 깊은 곳에 머무는 사랑은
잊을 수 없는 추억, 스쳐 가는 향기는
부드럽게 그대의 빛과 함께 울려 퍼진다.

바람 불어오는 날

바람 불어오는 날
눈물 같은 빗방울이
유리창에 부딪힌다.
그래서 당신을 잊으려 한다

나뭇잎 우거진 숲속
벌레 먹은 나뭇잎 곱게 물들고
하늘가 비가 내린다
그래서 당신을 잊을 수 없다.

내 마음속에 사랑은
꿈을 털어놓은
가을의 길목에서
나는 새로운 여행을 시작한다

가을이 찾아오는 날
쑥부쟁이 향기에
그리움이 붉게 물들어 가며
나는 슬픈 이별을 생각한다.

천년의 그리움

사랑 그 인연
당신의 생각 머뭇거리는 시간 속의 그리움에서
허기진 사랑 당신이 무척 그립습니다.

둥근 달빛이 품은 밤하늘처럼
당신의 미소 그 품에서 느꼈던 사랑
그 마음이 깊어져 가슴이 먹먹해집니다

쓰러지는 돌담에 볕이 선 무렵
눈시울로 핀 꽃 당신을 생각하고
천사의 눈물 강가에서 노래 합니다

한 줄기 따뜻한 빛이 되는 그 모습
내 가슴에 부스스 피어나는 기억들이
사랑의 향기로 피어올라 가슴을 채웁니다

따스한 봄 햇살이 가득한 날
보고 싶은 마음 쌓이는 순간마다
그리움 포장하여 당신에게 보내 봅니다.

제목 : 천년의 그리움
시낭송 : 박영애
스마트폰으로 QR 코드를 스캔하면
시낭송을 감상할 수 있습니다

인연의 끈 닻에 달고

찬바람 머물러 있는 그 자리
계절의 끝자리 깊은 겨울에
당신은 하얀 서리꽃으로 나를 기다린다

기름진 텃밭에 씨앗 여섯 개 심어놓고
골고루 물을 주고 가꾸어서
여기저기 옮겨 심어놓고 미소 짓는 당신

노란 달빛 내려오는 장독대에
정화수 올려놓고
그리움이 가득한 마음으로
가슴 깊이 스며들도록 안녕을 놓고 있다

세월은 노쇠하여 기억은 멀어지고
뿌리 깊은 인연에 눈빛으로 말을 한다
색 바랜 심장 한편에 그리움을 얹어놓고

물안개 피어나는 강 건너 돛단배에
이제는 베푸는 인연의 끈 닻에 달고 싶다.

제목 : 인연의 끈 닻에 달고
시낭송 : 장화순
스마트폰으로 QR 코드를 스캔하
시낭송을 감상할 수 있습니다

감홍(甘紅)

바람도 머무는 새재의 하늘가
찬바람 이슬 머금은 마음에
붉은빛 가득한 고운 당신을 담아본다

벌레 먹은 나뭇잎 사이로
갈바람 들어오고
고운 빛깔의 아삭거리는 맑은소리
흐르는 과즙에 목마른 그리움을 적신다

구름도 쉬어가는 하늘재 아래
자드락길 과수원에
보석 같은 감홍(甘紅) 맛

선홍빛 줄기에 단풍은 찾아들고
가득히 내려오는 햇살에
감홍(甘紅)이 익어가는 가을
새벽 아침의 멋 주흘산을 타고 내린다

따스한 햇살 노란 국화 익어가고
검붉은 치마 속 짙은 하얀 그리움에
비행하는 벌 나비 날아들고
당신 가슴속에서 반짝이는 별이 되고 싶다.

제목 : 감홍(甘紅)
시낭송 : 박영애
스마트폰으로 QR 코드를 스캔하면
시낭송을 감상할 수 있습니다

71

9월을 노래한다

가을 향기는 하늘가에 머물고
푸른 사과 붉은 달콤함은
꿈같은 당신 사랑 버선발로 마중한다

코스모스 한들한들
가을 들녘의 포도송이 햇살 가득 머금고
산국화 갈잎 지고 붉은 입술 여문다

가을볕에 나뭇잎 곱게 여울지고
백일홍 불꽃같은 당신
마음의 이슬 같은 눈동자 내 마음에 담아본다

가을의 단풍이 물들어 가는 소리
하늘에 구름 보고 그리움에 빠져든다

당신과 함께 걷던 추억을 떠올리고
내 마음 깊은 곳 남아 있는 그리움 하나
스쳐 지나가는 사랑 노래를 불러본다.

가을의 꽃, 너

가을이 왔습니다
너의 모습이 담긴 단풍잎
조각난 구름처럼 곱게 물들어
내 마음속에 선명하게 머물러 떠오릅니다

가을이 찾아왔습니다
한 송이의 구름꽃이 피어나는 곳
그곳에서 붉게 물든 단풍잎들의 흔적이
노을빛 슬픔으로 그때를 생각나게 합니다.

가을이 왔습니다
하늘 가득한 하얀 구름 한 송이
연꽃처럼 아름답게 피어나듯
내 마음도 고요하게 당신에게 물들어 갑니다

가을이 왔습니다
가을 햇살이 나뭇잎에 머무르며
추억들이 그리움의 조각으로 남아
내 마음속에서 당신의 꽃을 다시 피워봅니다.

당신은 주어 나는 서술어

시간과 공간을 초월한
사랑의 약속은
그대와 함께 보낸 시간
별처럼 빛나는 그리움을 부른다

사랑은 노래하고
시간은 여물어진 흑백의 추억을
그리운 여백에 당신의 색을 입힌다

햇살 같은 따뜻한 말 한마디
그리운 주어에 깊고 담백한 서술어
그것이 바로 당신과 나의 언어
나는 당신을 사랑합니다

소중한 인연의 빛
그대와 함께하는 세월 속에서
꽃이 피는 그 순간까지
우리의 발걸음은 멈추지 않는다.

별빛의 사랑 이야기

별처럼 빛나는 너
내 마음속에 아름다운 너의 모습
사랑의 물결이 파도처럼 흐른다

나뭇잎 사이 숨은 별처럼
내 마음을 밝히는 너
시간의 흐름 속에서도 변하지 않는 그리움
가득 채워진 서정의 감성으로 노래를 한다

눈물이 별처럼 반짝이는 순간
그 그리움은 더욱 맑아지고 빛이 난다
너의 시간은 별처럼 빛이나
내 마음 깊은 곳 아름다운 사랑이 흐른다

은하수 강가에서
유성처럼 빛나는 사랑이 가슴으로 스며드는
밤하늘 별을 그리는 우리의 이야기입니다.

어둠 속에 별빛

어둠 속에 숨겨 놓은 꿈
파란 심장에 파고드는 당신
어둠 속 불 밝히는 그리움의 별빛
길을 잃은 마음에 길잡이입니다

끝없는 동심의 향연
반짝이는 별 무리 가슴으로 쏟아지고
별빛으로 불 밝히는 당신의 거리
나는 꿈꾸는 별이 되어 행복합니다

밤하늘 별 내 마음 끝없이 흐르고
어린 시절 꿈과 희망
당신의 사랑 은하수 별들이 전해주고
저 별을 바라보고 나는 꿈을 꿉니다

어둠이 내려앉은 한적한 시골마을
은하수 강가에 별은 쏟아지고
멱을 감던 캄캄한 밤하늘 흩어진 별들은
꼬리 달린 유성 되어 가슴으로 들어온다.

가을의 속삭임

황금빛 물들어 가는
들녘에서 그대를 생각합니다

햇살에 입 맞춘 나뭇잎이
불타오르는 듯
나는 그대 시간 속에 머물고 있습니다

하루의 끝자락
지평선 노을빛 물든 구름은
내 마음속 불꽃이 가을에 취하고

가을바람에 살랑이는 단풍이
붉게 흔들리는 저녁 동안
그대를 기다리는 노래를 불러 봅니다

노을빛 내려와 산국에 기대어
내 마음처럼 붉게 물들어 오면
그대의 이름을 속삭이며 기다립니다.

가을의 노래

금빛으로 물들어 가는 가을 향기는
아름다운 선율의 가슴을 채우고
햇살은 부드럽게 황금빛으로 벼를 감싼다

하늘 깊은 가을날 손에 닿을 듯한
구름은 잔잔한 강물 위에서
아름다운 가을 향수가 가득하다

가슴 시리도록 나뭇잎은 붉게 물들어
불타는 듯 속삭이는 바람이 불어오면
하나둘 떨어지는 나뭇잎 춤사위에
아름답게 흩날리는 낙엽의 소리를 듣는다

그리움이 달콤해지는 가을이 찾아오면
햇살에 입 맞춘 단풍잎 아름답게 빛이 나고
희미한 기억 속의 그대를 사랑합니다.

보름달에 피어나다

노란 달빛 내려오는 밤
황금빛 물든 달빛 아래 흔들리는 은방울
당신을 내 마음속에 담아 봅니다

장마 끝에 열린 그 꽃잎처럼
눈물 젖은 동산에서 이름을 불러보고
그리움 가득한 내 마음속 당신은 빛이 나고

추석 달빛 아래
노란 소나무 잎에 당신의 그 웃음이
별빛에 흩어져 내 가슴속으로 스며듭니다

한아름의 보름달이 가득 찬 이 밤
별빛이 내린 길목에서
기다리는 내 마음이 달빛처럼 빛이 납니다.

그리움이 스며들다

달빛에 어리는 하얀 나비 바늘꽃
당신을 닮은 그 미소가
반짝이는 별빛 내 가슴까지 스며듭니다

뜨거운 햇살 아래 매미처럼
끊임없이 외치던 그 울음소리 없어
이제 공허함이 그리움을 만듭니다

가을 길목의 고추잠자리
허공에 맴도는 모습은
잃어버린 사랑 가슴 아픈 사연입니다

변하지 않는 바위처럼
노을빛이 가슴을 붉게 물들이는
내 마음은 어머니 당신을 그리워합니다.

마음에 꽃이 피는 봄

내 가슴에 머무는 겨울바람이
이별의 눈물을 머금은 채 내려앉습니다

꿈과 희망을 품고 꽃을 피우며
내 마음을 두드리는 봄의 소리는
얼음을 녹여주는 소리처럼 기다립니다

내 안에 그대의 초록빛이 가득하고
햇살이 발끝에 조용히 닿을 때
새싹이 돋아나 무르익은 꽃잎처럼
그대는 긴 겨울을 보내고 희망을 맞이합니다

꽃은 보이지 않는 곳에서 활짝 피어나
그대 마음 깊은 곳에서
기다림을 보내고 조용한 행복을 짓습니다

봄날의 따스함이 내 가슴에 스며들 때
희망의 꽃은 살며시 봄을 꿈꾸고
내 마음 가득한 사랑으로 당신을 맞이합니다.

당신의 둥근달

밤하늘 추억을 담은 둥근 달
따스한 미소에 그리움
반짝이는 별님도 달님도 그리워합니다

고운 피부에 주름진 당신이
보고 싶다는 생각이 가슴 가득히 차오를 때
눈물이 울컥 납니다

수많은 별들 중에 반짝이는 당신
내 가슴속에 따뜻한 사랑으로 남아
그리움 가득한 기억들을 잊을 수 없습니다

당신을 만나고 돌아오는 길
달빛으로 채워준 그 빈자리 머물던
그곳에 당신의 사랑이 남아 있습니다

작은 손을 꼭 잡아주던 그리운 어머니
당신의 사랑, 그리움의 빛으로
나를 품은 둥근달이 고요함을 머뭅니다.

시간 속의 흔적

삶은 무지개 같은 것
수많은 색깔로 가득 찬 내 삶의 빛
그 빛은 사랑으로 불타는 화려한 물감

너를 꿈꾸는 그 어느 순간
노란 달빛 속에 너의 속삭임과 미소는
내 마음을 환하게 비추어 준다

하루를 살아가는 그 순간들
아픔과 기쁨이 담겨 있는 시간 속에서
너와 나의 이야기를 만드는 소박한 인생

인생이란 강물 같은 것
때론 거칠고 부드럽게 흐르는 강물처럼
너와 나, 우리 모두의 이야기가 흘러간다.

가을비

가을비가 내린다
가슴에 가득 찬 사랑은
내 마음 창가에 가을바람처럼 스며든
그리움이 쌓여만 가고

가을비는 무정하게 나뭇잎을 적시며
사랑은 내 가슴을 태우고
가을비는 그리움을 더 깊이 파고든다

사랑에 헤매는 그리움의 길목에서
가을비는 눈물을 씻어내고
내 마음은 너를 그리는 빗소리에 젖는다

가을비가 그치고
빗물에 희석된 사랑이 부서져 증발하면
남아 있는 그리움은 너의 흔적으로 남는다.

가을로 물든 사랑

그윽한 솔잎 향의 그리움
내 가슴 가을꽃으로 피어납니다

사랑을 머금은 송이 한 송이
내 가슴에 그대를 품었습니다

가을 향이 짙은 나뭇잎의 살결
잊지 않는 그곳에서 가을을 기다립니다

소나무 우거진 비탈길
가을바람에 흩어지며 피어납니다

가을바람 속에서 나뭇잎이 익어가고
내 마음은 이슬 같은 눈물 머금고
잊지 못한 그대 사랑을 되새겨 봅니다.

비와 빛의 향연

어둠 속에서
다가오는 빛의 걸음걸이
그 빗줄기와 마주했다

내 마음은 그리움 가득하고
한 방울씩 떨어지는 빗방울은
아픔의 통증이 되어 아려온다

그대와 함께한 아름다운 길
내 마음 깊은 곳에서
길 잃은 빗소리에 내 마음을 달래준다

눈물 섞인 그리움
그대의 사랑과 내 마음만큼이나
굵게 떨어지는 빗줄기에 말없이 서 있다

그 빗소리가 멈추고 나면
그리움의 아픔이 쏟아져도
어둠 속에서 빛은 언제나 희망을 찾아온다.

가을이 바람을 부른다

속삭이는 사랑의 향기를 그리워하며
가을바람이 스치는 풍경 속에서
사랑을 노래하는 새들이 당신을 부릅니다

별이 수놓은 밤하늘 아래
한아름의 맑은 그리움이 내게 내려오고

슬픔은 바람에 기대어 보내고
잊힌 기억 속에서 향기를 불러내
시간이 만든 그리움을 다시 그려봅니다

어둠을 흔들어 새벽을 부르며
시작부터 끝까지 이어지는 사랑의 그리움
바람처럼 당신을 따스하게 감싸줍니다

시작도 끝도 없는 사랑의 그리움을
바람처럼 당신에게 전하며
새벽바람이 속삭이듯 당신을 불러봅니다.

제목 : 가을이 바람을 부른다
시낭송 : 박영애
스마트폰으로 QR 코드를 스캔하면
시낭송을 감상할 수 있습니다

섬 속에 섬 우도

작은 돌 하나에 피어난 꽃 하나
그것이 세상을 물들이는 우도의 아름다움
그 속에는 천년의 세월이 새겨져 있다

잔잔한 물결 백사장의 조개껍질
바다의 소리는 우도를 바라보고
등대길에 작은 꽃 추억으로 피어난다

나의 꿈 너의 행복 우리의 이야기를
검은 모래사장에 조용히 뿌려 놓고
기다림의 꽃 그리움을 심어 놓는다

사랑이 샘솟는 비양도의 갯바위
푸른 파도 속에서 해녀의 숨비소리는
바다를 품고 소 섬에서 자라난 해국의 사랑이
우도를 채운다.

구절초의 속삭임

하얀 꽃잎의 속삭임
너에게 전하는 사랑의 향기
마디 마디에서 피어나는 봄날의 사랑

향기로운 숨결로 피어나는 너의 꽃
하얀 꽃잎 열정으로 피어나
그리움 속에서 영원을 부르는 너

청명하고 눈부신 열정으로
사랑을 노래하다 그리움을 적신다

10월의 향기가 가슴을 채우며
사랑을 기다리는 구절초처럼 머물러
그리움은 너의 사랑으로 전해진다

끝나지 않는 기다림은
그리움이 어우러진 시간이
부드러운 물결처럼 서서히 이루어진다.

바람의 꽃 제주

푸른 파도를 타고 도착한 제주에서
바다 내음이 긴 여운을 남기고
태양처럼 불타는 순간
저녁 빛 노을이 그리움으로 바뀌어 간다

장엄한 한라산 백록담에서
최남단 마라도까지
흩날리는 웃음소리는 그리움이 되고
그 모든 순간은 해밝은 여행의 빛을 만든다

별이 쏟아지는 제주의 밤하늘
아름다움과 그리움이 가슴으로 스며들고
그 추억들은 빛나는 마음속에서 피어난다

제주의 돌담 사이로
거센 바람을 타고 가을이 속삭인다
제주의 그리움, 내 마음속 깊이 잠자고 있는
섬 안의 섬, 비양도 아름다운 미소로 남는다.

백록담의 분화구

한라산의 길목에서
내 가슴 깊숙이 추억 한 조각을 새기며
속삭이듯 서걱이는 조릿대 잎 속에서
꿈틀대는 노루는 여유 있게 달린다

허공의 운무는 나를 휘어 감고
내 가슴에 울려 퍼지는 백록담의 분화구
한결같이 마음으로 추억을 담아낸다

자연의 숲속에 자리 잡은 구상나무
구름에 쌓인 백록담의 아름다운 풍경들
신비롭다는 표현이 잘 어울리는
백록담의 정상에서 그리움의 세상을 바라본다

물결이 밀려올 듯한 안개가 끊임없이 흘러도
스며든 빛은 손가락 사이로 미끄러져
그림자가 사라져 백록담만이 남아,
천년의 분화구 고요한 마법의 그림자를 삼킨다.

가을 사랑의 여울

세상은 가을로 변했다
붉은 단풍잎 노란 은행잎
하나의 풍경으로 완성된 그리움

푸른 꿈에서 깨어난 가을은
흩어지는 단풍에 흔들리는 마음
그것은 사랑의 시작 그리움의 끝입니다

오색의 아름다움은
가을이 채색하는 당신은 내 마음
그리움이 물든 단풍잎처럼
아름답게 내 가슴에 머물다 갑니다

그리움이 내 가슴을 가득 채울 때쯤
나뭇잎 사이로 스며드는 햇살은
당신이 가을을 저만큼 떠나갑니다

내 가슴속 여백의 사랑은
그리움의 빛깔을 담고
내 붉은 심장은 그리움의 감성으로 와닿는다.

마라도의 숨결

맑은 햇살에 반짝이는 푸른 바다
진주처럼 빛나던 그날

그림 같은 풍경에 발걸음을 멈추고
너의 마음 속속을 물끄러미 바라본다

억새의 숨결은
바람이 노래하는 흐름의 순환 같아
그래, 그게 바로 내 마음의 반짝임이야

마라도의 푸른 바다 햇살 아래
흔들리는 억새의 아름다운 풍경들
바람이 밀어주는 너와 나의 사랑이 된다.

성산일출봉

푸른 바다에서 솟아난 아침의 별
성산 너의 모습을 바라보며
용암이 품어낸 분화구의 멋을 직시한다

세월이 남긴 그대의 아름다움이
동쪽에서 우뚝 솟아 그 모습에 기립하고
새벽에 뜬 별 너의 모습에 감격을 표한다

성산, 그대의 조용함 속에서
사랑을 노래하고 안녕을, 속삭임을 담아
성산 일출봉의 고요한 기도를 품어 안는다

성산일출봉
너의 빛나는 기도에 안녕을 간직한 채
그 아름다움에 나 여기에 잠시 머물러 본다.

12월의 작은 꽃

매서운 바람에 고개를 숙인 어느 날
겨울 향기는 숨을 고르며 추운 길목에 서서
차가운 별빛 아래 서 있습니다

찬란했던 추억에 무릎을 꿇지 않는 나무들
그들은 고요하게 봄의 당신을 기다린다

어둠이 드리운 12월, 첫눈이 오는 날
함박웃음으로 그날을 기다리는
하얀 발자국 한 줄기가 포옹을 찾아봅니다

첫눈이 내리는 하늘 아래
너와 나의 만남이 눈 속에 핀 작은 꽃처럼
조용히 피어나는 사랑을 빛나게 합니다

12월, 별빛은 희망의 불꽃을 키우고
그 희망이 가득 찬 겨울 풍경들로
꿈꾸는 봄날의 지평선을 향해 걸어갑니다.

보고 싶은 사람아

그리움
너를 향한 시간의 흐름
사랑의 이름으로
달빛 아래 새겨진 눈물 바람에 실려
네가 있는 곳까지 닿을까

보이지 않는 손짓으로
너를 그리며
밤하늘에 빛나는 별처럼
너를 바라보는 나

사랑한다는 말
너에게 전해지길 하루가 지나도
사라지지 않는
나의 그리움이여.

그리움의 별빛

노란 달빛 아래
눈물 머금은 채 그대 그리워합니다

사랑의 이야기를 만들어준 시간
잠들지 못하는 내 가슴에
그대 그리움의 시를 그려봅니다

별빛이 가득한 밤하늘 아래
사랑이란 감성에 젖어 든 내 마음이
너에게 닿을 수 있을까

그리워하는 그 감정들이
내 가슴을 가득 채우고
그대 그리움이 내 마음을 춤추게 합니다

그리움은 저녁 해 질 녘 같이
내 가슴에 스며들어,
꽃이 피어나듯 우러나는 가슴을 끓게 합니다

별빛처럼 빛나는 그리움
밤하늘 별이 반짝이듯
그대의 모습이 나의 아름다움입니다.

제목 : 그리움의 별빛
시낭송 : 박남숙
스마트폰으로 QR 코드를 스캔하면
시낭송을 감상할 수 있습니다

가을비의 속삭임

가을비는
회색 하늘이 속삭이는
목마른 천사의 눈물이다

바람의 편지 천둥의 외로움을
흔적 없이 씻어내는
너와 나의 무지갯빛 약속

모든 슬픔과 아픔을 담아
하늘에서 땅으로 내리는 눈물의 강
새로운 시작의 축복이다

가을비 시간에 따라
그리움을 노래하는 계절의 향기는
너와 내가 공존하는 꿈과 현실

촉촉이 적시는 가을비
살며시 나를 감싸안으니
나는 너와 함께 춤을 추고 싶다.

제목 : 가을비의 속삭임
시낭송 : 박남숙
스마트폰으로 QR 코드를 스캔하면
시낭송을 감상할 수 있습니다

내 마음의 수필

따스한 가을 햇살과
알록달록한 단풍이 물든 나무 아래에서
구름 따라 흘러가는 문경 시내를 바라보며

볕이 좋은 가을 하늘 아래
강 건너 풍경을 바라보며 마음은 유유자적
잠시 멈추어 충전하는 시간을 가져본다

산자락에 오롯이 숨어 있는 억새들과
가을의 끝자락에서 마주한 풍경을 바라보며
조용히 그 풍경들을 가슴속에 담아낸다

가을바람에 속삭이는 추억
그리움이 공존하는 풍경을 시로 수필 하여
새로운 계절의 서막을 내 마음에서 내린다.

내 삶의 이야기

삶은 고요한 물결
끝없이 이어지는 시간의 흐름 속에서
자유를 느끼며 살아갑니다

일상은 봄날 풍경 같은 것
삶의 흔들림에 휩쓸려도 그 푸르름은
다시 삶의 향기로 피어납니다

그리움은 사랑의 아픔을 담은 통증
가슴속에 그대의 모습은 구름에 가려져 있어도
그 빛은 항상 내 마음을 밝혀줍니다

외로움, 나를 잃어버린 허전함
속 깊은 무게에 짓눌리는 듯하지만
그 속에서 당신을 만나 행복함을 느낍니다

가슴 깊은 시간 속에서 뿌리내린 이야기
내 삶의 추억을 담아낸 풍경들은
내 마음속에 빛나는 아름다운 별입니다.

그리움의 꽃

그리움이 화살처럼 날아와
새롭게 시작하는 변화 속에서
달콤한 상처의 사랑을 만들어 갑니다

너를 바라보는 내 마음속에서
더욱 짙어진 그리움은
내 삶의 깊이만큼이나 감동하게 합니다

달콤한 사랑은 그리움을 잉태하고
별빛처럼 끊임없이 너를 바라보며
너의 맑은 눈동자에 깊이 빠져듭니다

빗물처럼 스며들듯 너의 마음을 훔치고
내 삶의 마지막 사랑과 그리움을 담아
마음의 꽃 그리움을 너에게 보냅니다.

낙엽이 있는 풍경

붉은 단풍을 보면 너를 떠올린다
사랑은 무심하게 찾아오고
그리움은 낙엽처럼 가슴을 감싸안는다

가을이 너와 나를 잔인하게 흩어놓듯
그리움의 낙엽이 땅에 닿는 소리보다 더 크게
내 마음을 울리며 퍼져간다

너와 나의 그 아름다운 순간들
그리움을 담아내는 가슴은 무거워져
비처럼 눈물이 가슴을 적시곤 한다

빛바랜 마음을 적시고
너의 모습이 안개에 가려진 채
혼자서 새로운 나를 찾는 길을 걸었다

사랑과 그리움이 내 삶을 비추는 낙엽 같아
자연의 순환을 준비하는 가을의 메시지
새로운 시작은 너와 나의 사랑이다.

빗속에서 당신을 생각합니다

그리움의 빗방울이 내 마음에 스며들고
따스한 미소가 살며시 생각나는
당신의 꿈속으로 나는 여행을 떠나 봅니다

초록 담쟁이 햇살 가득한 작은 마당에
빗소리에 꽃이 피어나는 그 무렵
감미로운 시절의 노래, 내 마음에 스며듭니다

나뭇잎 위에 그리움이 맺혀 있는 듯
그리움의 속삭임 은은하게 흘러나옵니다

풀잎에 맺힌 빗방울처럼
당신을 애타게 바라보는 슬픔이
그리워질수록 깊어지는 아픔으로 쌓입니다

대지를 적시는 추적이는 여름비는
내 마음속으로 쏟아져 내리고
어머니, 당신의 그리움을 가득 채워갑니다.

가을이 시간을 기다린다

어젯밤에 풀벌레 소리도 들리고
제법 선선한 바람이 불어와
뜨거운 여름의 그림자를 서서히 지워간다

하늘을 가르는 유성처럼
가을 연인의 입술은 그리움이 맴돌며
비밀을 속삭이는 속삭임으로 가득 찬 계절에

산간에서 울리는 가을의 메시지
그 숲을 걷는 발걸음은 더욱 느려지고
감미로운 가을 그리움의 이야기에 흠뻑 취한다

잔잔한 강물은 무엇을 보고 있는가
변함없는 시간의 흐름 속에
하나뿐인 기억을 전하는 아쉬움을 떠올린다

시간을 기다리다 쓰러진 낙엽처럼
주고받는 가을의 아픈 의미를 아직은 모른다.

처음처럼

따스한 햇살이 가슴으로 스며들 때
너의 맑은 눈동자 내 마음에 담아
깊은 사랑으로 고이 간직합니다

햇살 아래 피어나는 꽃처럼
커피 향 노트에 너와 나 사랑을 묻어 놓고
감미로운 바람으로 사랑을 노래합니다

아름다운 인연 조명 속에 만남은
푸른빛의 너의 향기 보랏빛 설렘으로
내 가슴 깊이 당신을 품어봅니다

사랑의 미소로 너와 나의 만남은
큐피드의 사랑으로 꿈속을 여행하고
너의 가슴에 머무는 한 송이 꽃입니다

사랑은 바람이 불어도 변하지 않습니다
별처럼 반짝이고 햇살처럼 따스한 사랑
언제나 당신을 처음처럼 사랑합니다.

사랑의 꽃 그리움

밤하늘 별을 보셨습니까
저 별처럼 가슴에 남은 사랑의 향기
바람에 흩어진 별처럼 빛나는 나의 그리움

별빛이 묻은 은하수 강가의 조약돌
그대 사랑이 내 가슴 깊은 곳 스며들어
노란 달빛 물결 위의 내 사랑 불을 밝혔습니다

바다의 물결을 보셨습니까
깊고 넓은 바다처럼, 내 사랑은 열정으로
붉은 꽃잎처럼 당신의 가슴으로 여행합니다

당신의 숨결처럼 그리움의 강물이
내 마음을 적셔 그 아픔이 스며듭니다

달빛 아래 그리움이 피어나는 공간에서
그대 맑은 눈동자에 핀 사랑의 꽃
나 여기 그대와 함께 사랑의 꽃을 피워 봅니다.

나는 행복합니다

너의 웃음 속에 실려 오는 향기
그 따뜻한 시선, 마치 햇살 같은 존재로
내 심장을 따뜻하게 만드는 기쁨이 된다

너의 사랑 감성은 때론 그리움이 되고
그 그리움이 내 삶에 깊이 있는 의미가 되어
내 마음에 쌓여 있는 소중한 나침반이 된다

자연 속에서 느끼는 풍요로움
그것은 또 하나의 공감각을 자극하며
내 삶의 빛나는 색깔을 더 미소로 만들어간다

하루를 채워가는 감정들이 어우러져
내 삶을 그리며 시를 채워가는 것은
너를 찾는 행복에 대한 나의 애정이 느껴집니다.

능소화 꽃잎의 아침

햇살이 나뭇잎에 입맞춤하듯
기다림은 조금씩 살며시 멀어지고
당신은 별처럼 내 가슴으로 흘러내립니다

한 조각 그리움, 능소화 꽃잎처럼
그 시절이 가득 담긴 내 사랑은
붉은 심장에 떨어져 심금을 울립니다

길고 끝없는 밤하늘 아래
능소화 꽃잎이 바람에 촉촉이 흔들릴 때
당신의 모습, 잔잔하게 내 마음에 스며듭니다

능소화 꽃잎, 그 가냘픈 속삭임에
따스한 햇살은 가슴을 살며시 감싸오는데
당신의 사랑은 꽃잎 하나를 시들게 합니다

당신의 향기 내 가슴속에 흔적을 남기고
숨이 멎을 듯한 그 사랑의 울림
꽃잎에 묻어 있는 기억들, 그 눈물로 간직합니다.

상큼한 사과

이슬 맺힌 사과 신선한 너의 향기는
여름 바람처럼 스쳐오고
그 푸른빛 향기를 내 마음속에 스며든다

파란 하늘, 나뭇잎의 세상은 넓고
풀잎 같은 사랑 너의 모습은
푸른 잎의 싱싱함이 상큼하고 아름답다

초록빛 미소는 햇살처럼 따뜻하고
익어가는 사랑에 풍성한 사과
그리움과 설레임, 그 순간에 너를 만난다

새콤달콤한 추억 함께한 순간들
희망으로 가득 찬 꿈속의 너
그 향기 너의 모습을 시속에 새겨본다

노을 지는 해 질 녘 카페에서 앉아
창문 너머 푸른 풍경을 바라보고
설익은 풋사과 너의 마음을 가득 채운다.

연잎 위에 고운 꽃잎

따뜻한 햇살 같던 사랑
꽃이 피는 듯 쏟아지는 맑은 웃음
수많은 향기, 그 인연으로 우리는 취하였다

연꽃, 곱게 피어난 꽃잎
사랑은 한줄기 빗물처럼, 흑백의 연잎 위에
고운 꽃잎 떨어져 그리움은 아픔으로 남았다

내 가슴을 조여오는 그 아픔과
상처의 무게로 무너져 내리는 내 심장 속에서
시간의 바다에서 부서진 포말의 그리움은
하늘에 닿을 듯한 흔적을 찾아 여행을 떠난다

그리움은 밤하늘의 별처럼
언제나 내 마음속에서 사랑이 다시 피어나
유리 조각, 고운 꽃잎, 인연의 향기로 기억한다.

첫눈에 피는 그리움

하얀 첫눈이 달빛 아래 내려오며
내 마음속 서글픔을 어루만지듯
가슴 깊이 살며시 아련한 꽃을 피워 봅니다

그리움의 하얀 빛은 그대 미소를 만나고
첫눈이 바람으로 돌아오는 날
흔들리는 중심에서 나는 울림으로 서 있습니다

풍경처럼 유난히 차가운 내 마음을
첫눈이 포근하게 나를 감싸안아 줍니다

소복하게 쌓여가는 첫눈 속에서
함께한 시간 그리움의 순간들이 떠오르고
나는 천천히 조용히 당신을 마주칩니다

첫눈의 그리움 잠 못 이루는 밤처럼 깊어져
하얀 눈꽃 조각이 내 마음의 표면이 되어
첫눈을 기다리듯 당신의 마음을 기다려 봅니다.

봄날 그리고 그대

봄의 향기가 피어나고
하얀 세상 위에 익어가는 봄날처럼
따스한 햇살에 희망의 빛이 보인다

처음 그대를 만난 그날처럼
무지개처럼 환히 빛나는 그대의 아름다움에
내 마음을 살며시 내주었다

여인의 꽃향기 그 달콤함에
꽃망울에 취해 봄이 오려는 듯
사랑의 음률에 시간은 서서히 흩어져 간다.

봄을 기다립니다

너의 미소가 내 가슴 깊이 스며들어
달콤한 사랑의 노래를 부르고
마음을 담아 물드는 아침햇살처럼

따뜻한 너의 목소리는 내 마음을 채우고
너의 미소 너의 모습은
내 공백의 가슴을 설렘으로 만들어갑니다

가슴 깊이 묻어둔 너의 숨결이
아련한 그리움에 너의 이름 세 글자
밤하늘 빛나는 별처럼 내 마음 여백에서

언젠가 다시 만날 그날을 위해
눈 내리는 설렘으로 그리움의 시를 담아
기다림의 공간에서 사랑의 불씨를 피워 갑니다

내 가슴속에 거미줄처럼 얽힌
내 마음의 꽃 너의 그리움은
내 가슴에 머무는 따뜻한 별이 됩니다.

당신을 응원합니다

한 스푼 슬픔이 체온 속에 숨어 있을 때
내 마음은 가을의 나뭇잎처럼
으스러지고 흔들리기 시작합니다

차가운 공기에 바람마저도 슬퍼지는데
긍정의 미소를 지으며 굳건한 당신
내 가슴속에 품으면서 뜨겁게 바라봅니다

당신의 눈물이 내 가슴에 쏟아질 때
뼈를 깎는 아픔처럼 내 피부에 속삭이며
나는 무겁고 깊은 사랑을 만들어냅니다

가슴이 찢어질 듯한 고통을 견디며
아픔 속에서도 밝게 미소 짓는 당신을 위해
나의 가슴은 눈물로 가득 차기를 원합니다

내 작은 용기를 내어 눈물을 흘리며
그 슬픔이 사랑의 희망처럼 클 수 있도록
당신의 아픔을 담아 별빛이 되고 싶습니다.

너의 그림자

내 마음 깊숙이 숨겨 놓은 맑은 꽃잎
풀잎 위에 이슬처럼 가슴을 적셔올 때
바보 같은 그리움이 빈 술잔에 고인다

봄날의 빗방울은 그리움을 만들고
가슴에 쌓인 추억의 그리움은
술 한 잔의 감미로운 시로 스며든다

꽃잎이 내리는 따뜻한 봄날
너와 나의 추억이 되살아나는 그 순간
한 잔의 술 사랑을 담은 시로 너를 꿈꾼다

내 마음 심장의 시간은 너에게 향하고
그리움은 가을 단풍처럼 너의 마음을 채우고
첫눈처럼 순수한 사랑으로 너를 감싸안는다.

제목 : 너의 그림자
시낭송 : 박영애
스마트폰으로 QR 코드를 스캔하면
시낭송을 감상할 수 있습니다

언제나 처음처럼

봄볕에 피어난 사랑은
그리움, 그 짙은 향기의 추억
세월이 흐른 지금도 설렘입니다

따뜻한 하고 아름다운 사랑은
내 가슴 깊은 곳의 생각
함께한 동행, 숙성된 그리움입니다

가슴으로 사랑했던 당신의 모습은
부드러운 숨결의 그 향기
처음처럼 내 가슴 여백에 간직합니다

당신 생각이 바람으로 스쳐올 때
햇살 가득한 꽃잎 같은 당신
이슬 머금은 나뭇잎의 싱그러움입니다

사랑과 그리움은
나뭇잎에 얹어 놓은 향기로운 詩
사랑은 그리움의 뿌리처럼 깊이 내립니다.

그리운 달항아리

긴 시간은 역류합니다
내 마음속에 그려진 여정의 그리움은
사랑을 머금은 자연을 품고
달의 그림자처럼 내 가슴에 가득 차오릅니다

처음부터 끝까지 나를 품었습니다
당신의 마음과 숨결이
내 가슴, 공간 속에서 퍼진 사랑으로
빈틈없이 넘쳐나는 그리움 가득한 시간입니다

아름다운 사랑을 간직한 당신
그리움의 무게만큼이나 가득한 삶의 흔적들을
보름달이 차오르듯 가득히 담은 당신
항아리에 가득히 참 많이도 담았습니다

물결처럼 끝없이 흐르는 이야기
꿈과 행복이 돌아올 기적 안에서 머무는
어머니의 사랑, 희망의 별이 되어 빛나는
그리움 달항아리, 내 가슴속의 이야기를 채웁니다.

제목 : 그리운 달항아리
시낭송 : 박영애
스마트폰으로 QR 코드를 스캔하면
시낭송을 감상할 수 있습니다

능소화 당신을 기다립니다

햇살이 나뭇잎에 입 맞추듯
당신은 별처럼 내 가슴으로 흘러내립니다

한 조각의 그리움, 능소화 꽃잎처럼
그 시절 가득 담긴 내 사랑이
붉은 심장에 떨어져 심금을 울립니다

기다림은 그림자처럼 흘러가면서
조금씩, 살며시 떨어지고
그 기다림도 저녁노을에 물들어 갑니다

길고 끝없는 밤하늘 아래
능소화의 꽃잎이 바람에 촉촉하게 흔들릴 때
당신의 모습, 잔잔하게 내 마음에 스며듭니다

능소화 꽃잎의 촉촉한 속삭임이
따스한 햇살로 내 가슴을 살며시 감싸고
당신의 사랑, 고운 꽃잎 하나를 시들게 합니다

당신의 향기가 내 가슴속에 흔적을 남기고
숨이 멎을 듯한 그 사랑의 울림이
꽃잎에 묻어 있는 기억들, 그 눈물을 간직합니다.

동백의 그리움

한가운데 선 동백의 연출
노란 꽃 수술에 동박새의 만남은
당신을 찾아 헤매던 숲의 그리움입니다

붉은 꽃잎은 사랑의 눈물로 가려진 아픔
노란 꽃 수술은 내 인생의 희망
멀어진 동백의 사랑 식지 않은 詩입니다

비밀스러운 사랑의 연결고리
그 시간 속의 공간에서 그리움의 겨울은
얼어붙은 사랑의 붉은 입술입니다

봄날의 희망처럼
계절의 악보로 합창하는 동백꽃의 동박새
그 붉은 꽃잎에 노란 꽃 수술은
당신의 마음입니다.

제목 : 동백의 그리움
시낭송 : 박영애
스마트폰으로 QR 코드를 스캔하면
시낭송을 감상할 수 있습니다

동트는 희망 2024

희망이 동트는 새벽
별빛 위를 걷는 천사의 숨결이
이 모든 순간 우리의 삶에 빛을 준다

희망 새해 첫 번째 나날
언제나 우리 마음 가득 채워주는 행복
그 희망의 바다 청량함에 몸을 맡겨본다

봄 햇살처럼 웃음꽃을 띄우고
그 미소가 내 삶의 어두운 구석까지 밝혀
모두 부흥하는 만사형통의 해 2024년

새해 아침의 바람이 전하는 말
도래된 희망의 빛이 소망을 포옹하는
이 여명의 순간
나는 당신의 사랑에 기대어본다

우리 모두에게 빛나는 사랑과 희망으로
행복을 염원하는 푸른 용의 갑진년(甲辰年)
시작하는 아름다움으로 당신을 맞이한다.

가을 속의 국화꽃

10월의 첫날입니다
나뭇잎 물들어 가을이 찾아오고
그대 그리움이 깊어지는 계절입니다

파란 하늘에 하얀 뭉게구름
잠시 머문 너의 미소는 추억이 되고
햇살은 나뭇잎 사이로 고요히 스며듭니다

가을 속에서 잔잔한 숨결로 다가와
따스한 눈빛의 함께하는 마음
여린 안개의 빛으로 그리움을 담아봅니다

사랑은 국화꽃 한 송이의 향기처럼
매일 향기롭게 감싸는 따뜻함
깊어지는 사랑 당신의 그리움입니다

맑은 이슬처럼 피어나는 마음
너의 따스한 미소에 기대어
가을의 품속에서 너와 함께 빠져봅니다.

칼국수와 커피

항아리에 물을 담듯이
사랑은 한 줌의 바람으로 아늑함을 담는다

하늘에 구름 한 조각 머리 위에 이고
친구와 나누는 고향의 맛, 칼국수
마음의 속살을 나누는 시계는 멈추었다

빛나는 태양 아래 동행하는 흔적으로
소통하는 이야기를 가슴에 담아
거울 속에 비친 너의 모습, 가슴으로 스며든다

여름 바람은 이야기꽃을 피우고
우리의 사랑이 작은 빗방울처럼 다가와
웃음의 시간, 행복의 숲에서 우리는 함께 한다

무거운 태양도 쉬어가는 한낮의 시간
달콤한 카페인은 너와 나를 연결하고
맑은 물처럼 깨끗한 마음으로 네게 빛을 보낸다.

밤하늘 별을 봅니다

그대의 숨결이 가볍게 흩어진 별처럼
맑은 밤하늘 깊이 스며들어
아련한 그리움이 내 가슴속으로 들어옵니다

어린 시절의 모습이 꿈의 희망처럼
그렇게 스쳐오는 기억의 향기들이
감성으로 내 가슴속에서 다시 피어납니다

그리운 순간들, 그렇게 채워진 공간 속에서
당신은 하얀 밤하늘의 별이 되어
내 가슴을 훔치는 라벤더 향기 당신입니다

내 마음속에 머무른 당신의 향기
별처럼 빛나는 사랑의 추억들
그 시절의 당신을 그리움으로 간직합니다.

내 마음속의 별

그대의 숨결 가볍게 흩어진 별들처럼
맑은 밤하늘 깊이 스며들어
아련한 그리움 내 가슴속으로 스며듭니다

그 시절의 모습은 꿈의 별빛처럼
기억으로 스쳐오는 그 향기
그 감성 속에 내 마음은 시간을 잊어갑니다

그리운 순간들, 그 공간 속에서
당신은 하얀 밤하늘의 별이 되어
내 가슴을 훔치는 라벤더 향기 당신입니다

당신은 내 마음속에 머물러
밤하늘 별처럼 함께한 그 모습의 숨결
아련한 시절의 향기, 그 감미로운 노래입니다

빛나는 별처럼 그림자를 밟아
당신을 기억하는 별이 되어
그 시절의 향수처럼 그리움을 간직합니다.

당신의 아리랑

산 너머 사랑이 흘러옵니다
고갯길의 아리랑 아라리
문경새재 사랑이 빛이 납니다

사랑의 모습 적셔온 추억들
힘겨운 그 가락의 눈빛은
내 마음의 즐거움, 슬픔입니다

문경새재 아리랑 아리랑
그 목소리에 그리움
그리움의 눈물 당신의 사랑입니다

새재의 아리랑 시절의 인연에서
그 모습을 더해가는 향기는
잊지 못하는 사랑, 당신의 아리랑입니다

계절의 향기 머무는 그곳에서
찾아온 당신, 보고 싶은 아리랑
내 가슴속 깊은 마음 고이 간직합니다.

너와 나의 이야기

밤하늘 아래 펼쳐진 너와 나의 이야기
슬픈 사랑의 멜로디 속에서
나의 숨소리가 시간의 빛 속을 헤엄치며
그렇게 그리움 속에서 당신을 노래하고 싶다

그곳에서 마주친 이슬 같은 맑은 당신
스쳐 가는 그리움의 순간들 속에서
그 영롱한 물방울이 내 마음을 적시고
하얗게 핀 꽃향기 당신은 슬프도록 아름답다

내 가슴에 담긴 너의 별빛
보이지 않아도 느껴지는 감정의 음악처럼
내 마음속에서 유영하는 사랑
그 사랑이 춤추는 음악이 되고 싶다

너와 나의 아름다운 사랑
당신의 속삭임이 눈 위에 내리는 그 순간
노을에 물든 하늘처럼 꽃이 피어나고
사랑의 에너지를 감성의 눈빛으로 보낸다.

슬픔에 젖은 빗방울

빗방울은 사연의 파문을 만들어낸다
은빛 물줄기에 쌓여가는 기억들
젖은 도로 위에 슬픔의 시 비가 내린다

풀잎에 맺힌 촉촉한 빗방울은
사랑의 아픔, 눈물 되어 떨어지고
마음 깊은 곳, 그 기다림의 빗장을 풀어낸다

아련함이 묻어 있는 곱게 핀 붉은 장미
비에 젖은 시가 되어 슬픔으로 남는다

사랑, 그 풋풋함에 빠져버린 그리움
길었던 하루가 잠들기 전
저물녘의 별빛은 아련한 아픔에 취한다

자연이 숨 쉬는 이곳 월영교에서
흐르는 시간의 반짝이는 그 아름다움
그림 같은 이곳에서 소담스러운 꽃을 피우려 한다.

6월의 향기

6월의 향기, 그대 바람 불어와
가슴으로 스며드는 짙은 라벤더의 향기
파란 하늘에 하얀 구름, 사랑의 꽃을 피운다

사랑은 태양보다 더 뜨겁게
내 삶 속에서 그대 숨 쉬는 그리움
기다리는 그대, 아름다운 내 삶의 향기

짙은 나뭇잎, 바람결에 춤꾼이 되어
그리움, 은은하게 밀려오는
그대의 부드러움이 하프의 선율처럼 아름답다

이슬이 머무는 여름날 아침
그리움을 장편 시처럼 펼쳐 들고
멜로디처럼 아름답게, 숨겨둔 사랑을 나눈다

싱그러운 6월이 시작하는 날
맑은 햇살이 스며들어 나를 깨우는 날
그대 사랑으로 하늘에 그림을 그리고 싶다.

바람의 노래

시간이 강물처럼 끝없이 흘러도
내 마음 가장 깊은 곳에
반짝이는 별 당신이 있습니다

부드러운 여명의 기운처럼
맑고 순수한 빛 당신은
지금도 변하지 않은 나의 사랑입니다

계절은 바뀌어도
변하지 않는 게 한번 준 사랑
동행하는 당신은
나의 기쁨이자 내 삶의 빛입니다

나를 기억하는 따뜻한 햇살
당신은 봄날처럼 샘솟는 사랑
눈 속에 복수초 당신을 기다려 봅니다.

하늘이 물들었다

서쪽 하늘 붉게 수놓은 노을이
하루의 끝, 내 흔적, 내 마음을 같아
그 긴 그림자, 노을처럼 하늘을 물들였다

어둠 속으로 노을이 스며들면
짙은 그리움이 샘솟는 찰나
담백한 시간, 내 희망의 당신을 찾았다

그리움이 샘솟는 그 긴 노을 아래
붉게 타들어가는 그 기다림의 끝에서
내 마음 그림자, 떨어지는 희망이 펼쳐진다

노을이 주는 아름다운 기다림은
여유로운 내 삶의 순간
희망이 가득한 내 마음에 당신의 시를 짓는다.

내 가슴에 피우는 꽃

깊은 사랑에 몸살을 앓는다
너와 나의 인연, 찾아온 아픔 하나
어두운 터널 속에서 슬픔으로 헤맨다

내 가슴은 까만 숯덩이 되어가고
바위에 부딪히는 고통의 포말 속에서
네가 주는 아픔의 공간 속에 나는 가둬진다

너와 나의 관계 조마조마함의 살얼음
마주친 눈빛에 사랑은 쏟아지고
어둠은 이슬 같은 맑은 눈물이 말라간다

아픔과 슬픔과 시련을 삼켜버린 어둠은
밝아오는 아침의 여명 속에서
또다시 도전하는 희망을 너는 스케치한다

바람에 흩어지는 너와 나의 아픔은
교차하는 시간 속에 스며들고
사랑하는 내 마음 또다시 꽃을 피운다.

그대 별을 보러 갑니다

짙은 어둠이 내린 칠월의 그믐날
문득 그 사람이 너무 보고 싶어
그리움을 품에 안고 그대 찾아갑니다

고요함이 맴도는 밤
흔들리는 별빛 하나를 가슴에 안고
꿈속에서 머무르는 그대 별빛을 바라봅니다

까마득한 밤하늘에 반짝이는 별 하나
내 가슴으로 스며드는 그리움
이슬 같은 눈물이 바람에 스치듯 사라집니다

보고 싶어 눈물짓는 밤하늘의 별이
어둠을 품은 듯한 그 아련한 느낌으로 다가와
저 별처럼 내 가슴 깊이 파고들어 갑니다

내 마음 깊은 곳에 머무는 그대
별처럼 반짝이는 그대의 사랑
깊은 밤, 이 순간, 그대를 보고 싶어 합니다.

제목 : 그대 별을 보러 갑니다
시낭송 : 박영애
스마트폰으로 QR 코드를 스캔하면
시낭송을 감상할 수 있습니다

곰배령의 숲길을 걷다

햇살이 스며드는 곰배령 숲길
바람은 속삭이고
계곡 물소리는 대화의 색을 빚는다

나뭇잎 한 장에 나뭇가지 한 줄기
서두르지 않는 자연의 품속에서
내 발걸음은 조용히 담담히 어우러진다

한 권의 시집 같은 마을
아름다운 이야기는 작은 풍경이 되고
하얀 돌배나무꽃이 머무는 설피원의 봄날
어둠이 내리는 시간, 추억이 쌓인다

산보다 높고, 숲보다 깊은 길을 걷는다
너의 아름다움 바람의 선율 따라
함께 걸어가는 동행의 그 숲길

야생화 꽃잎에 쏟아지는 햇살
곰배령 숲속, 바람과 함께 걸어가는 길
아름다운 빛이 나비처럼 가슴에 내려앉는다.

그리운 삶의 이야기

따뜻한 사랑과 가슴 깊이 간직한 그리움
그 속의 슬픔과 흩어져 버린 아픔은
내 인생의 모습 살아가는 내 삶의 이야기입니다

그리움은 별이 되어 하늘에 수놓고
그대 별빛은 내 마음속으로 다가와
달맞이꽃 같은 사랑으로 그대 바라기 합니다

사랑은 삶의 중심에서 모든 것을 아우르고
그리움은 아름다운 이야기를 만들어갑니다

사랑과 그리움, 그리고 외로움
뒤틀린 아픔과 슬픔이 엮인 내 삶의 표현은
반짝이는 이야기로 펼쳐지는 시의 길입니다

동트는 새벽, 나를 마주한 내 모습의 쓸쓸함
그 아픔 속에서 감동의 의미를 깨달아가는
그 순간이 내 삶을 아름답게 채워갑니다.

바람을 만나다

야생화 피어나는 곳
그 천상의 화원, 곰배령
고운 햇살에 쉼을 얻는 아름다움

그 하늘과 대지 사이에서 격류 하는 바람이
능선을 넘어 내 심장에 닿을 때
그 깊은 계곡, 곰배령 품속에서 잠들어갑니다

연둣빛을 머금는 하늘의 감촉이
햇살 가득한 잎사귀로 내려와
영혼의 자연, 곰배령 품에서 깨어나

점봉산 설피원, 저녁노을이 내릴 때
사랑과 그리움의 홀아비바람꽃
깊은 산 숲속, 그곳에서 나를 만나 봅니다.

푸른 불꽃 수레국화

오랜 습관처럼 미소를 짓습니다
내 눈동자에 비친 청아한 아름다움
봄바람 마중하는 수레국화 푸른 꽃입니다

그녀의 얼굴에 머무는 눈길은
하얀 도화지에 흘러내린 물감처럼
기다림, 그 시간 속에서 피어난 꽃입니다

구름을 걷어내고 햇살을 가져와
젖어버린 그녀의 가슴에 행복을 달고
언제나 빛나는 추억의 볕이 되길 소망합니다

빛바랜 시간에 설렘이 타올라
입술을 적시던 그 촉촉한 숨결의 순간들

별처럼 반짝이며 속삭이는 사랑
많은 시간이 지나도 변하지 않는 떨림처럼
나는 당신을 처음처럼 사랑합니다.

수채화 사랑

아침 햇살에 눈부신 오월의 여인
계절의 숨결을 담은 수채화 같은 그녀
사랑으로 물든 시, 너의 모습 그려본다.

봄비가 속삭인다

수선화 꽃잎의 맺힌 빗방울
속삭이는 봄비 적셔주는 사랑입니다

봄비, 노란 꽃잎의 기다림은
잠든 씨앗이 희망을 맞이하는 봄날에
내 마음을 적셔주는 설렘입니다

너의 입맞춤이 내 마음에 닿을 때
바람의 속삭임을 꽃잎에 끼워 넣어
사랑도 그리움 되어 빗물처럼 흐릅니다

너의 속삭임 공유하는 내 가슴은
수렁에 빠져드는 그리움 되어
가슴을 적시는 깊은 사랑 봄비입니다

너의 봄비가 대지를 적시듯
내 마음은 너에게 젖어 들어
너에게 머무는 사랑은 나의 희망입니다.

너의 향기에 기대어

창문으로 들어오는 아카시아꽃향기
천사의 숨결이 스쳐 가듯
한 줄기 빛이 반짝이며 지나간다

무질서한 꽃의 향기를 소환하여
고향의 추억을 채우며
흔들리는 시절의 빛을 가슴에 담아본다

너의 시를 바람으로 펼쳐 들고
아카시아의 꽃잎에 입 맞춘 연인처럼
시간과 공간을 초월하여 감성으로 물든다

어둠 속으로 깊게 흘러들어오는 감성
아카시아꽃의 향기에 기대어
내 가슴을 울리는 시간의 연주가 된다.

기다림 그 바람의 꽃

연둣빛 출렁이는 봄의 물결 속에서
기다림의 전환점, 우리는 만나
서로 소통하는 순간순간을 느껴본다

따스한 햇살을 내 안에 담고
사랑의 향기가 그리움의 눈물을 감싸며
맑은 하늘에 비치는 아픔을 만져본다

작은 꽃잎 하나 그 기다림 속에서
피어나는 너의 그리움
그 사랑의 길목으로 바람이 찾아온다

내일 그리고 다음날
우리 가슴에 햇살이 찾아들 때
너의 사랑과 나의 그리움이 만나서
아름다운 봄날, 우리는 바람의 꽃을 피운다.

가을이 왔습니다

잠자리 날갯짓에 가을이 왔습니다
나뭇잎은 가을 햇살 속에서
기다림의 색, 바람 같은 너를 스쳐 간다

한편의 풍경이 낙엽 속에 남겨지는
마지막 계절의 기다림은
따스한 햇살처럼 너의 시간을 그린다

바람이 스치는 곳마다
여름의 흔적은 조금씩 사라지고
가을의 소리가 점점 선명하게 다가온다

하얀 구름은 아름다운 그림을 완성하고
바람이 불어오면 단풍잎 하늘 사이로
나비와 꽃잎들이 한 편의 시를 놓는다

하늘의 풍경은 너와 나 하나가 되는
아름다운 증거의 순간을 보여주고
그 가을 풍경은 우리의 이야기로 남겨진다.

일상 속의 이야기

내 삶은 재미있는 여행처럼 느껴지지만
그림자가 드리운 날들에도 슬픔은 있지만
기쁨도 즐거움도 느끼면서 살아갑니다

하늘의 푸른 향기를 느끼면서
저 넓은 대지를 바라보며
즐거운 마음 그대로 이 여정을 봅니다

내 마음이 나뭇잎처럼 흔들릴 때면
시원한 바람에 눈물을 흘리면서
슬픔도 아픔도 강한 비처럼 맞이합니다

계절이 바뀌어 가을이 다가올 때
꽃이 피어나듯 조용한 울림의 속삭임
내 마음의 소중한 진주 너를 기다립니다.

시간 속에 머무는 그리움

아름다운 미소에 그리운 눈동자
품의 향기, 그리운 시어를 움켜쥐고
한결같은 그대 모습 내 마음속에 머물렀다

글자와 숫자만이 아닌 마음 깊은 곳에서
우러나오는 사랑의 언어로
그대를 사랑하고 있음을 전하고 싶다

헤어진 지금도, 사무치게 찾아온 그리움
서예의 획처럼, 깊이 파인 마음
구겨진 시간 속에 사랑은 아련히 남아 있다

내 마음 여백에서 피어난 사랑의 꽃
지금도 처음처럼 변함없는 인연을 찾는다

시간의 공간 속에서 모래알 같은 그리움
파란 하늘의 하얀 구름 같은 사랑
내 마음은 그대로, 시간 속에 머물러 있다.

가을이 바람을 부른다

김정섭 제2시집

2024년 10월 8일 초판 1쇄
2024년 10월 10일 발행
지 은 이 : 김정섭
펴 낸 이 : 김락호
디자인 편집 : 이은희
기 획 : 시사랑음악사랑
연 락 처 : 1899-1341
홈페이지 주소 : www.poemmusic.net
E-Mail : poemarts@hanmail.net

정가 : 12,000원
ISBN : 979-11-6284-556-1

이 책은 〈한국예술인복지재단〉에서 지원을 받아 제작되었습니다.